JE ME SENS UN PEU FAIBLE, PANORAMIX !...
NON, OBÉLIX !...TU N'AURAS PAS DE POTION MAGIQUE! JE T'AI DIT MILLE FOIS QUE TU ÉTAIS TOMBÉ DEDANS ÉTANT PETIT !

GOSCINNY ET UDERZO
PRÉSENTENT
UNE AVENTURE D'ASTÉRIX

LE DEVIN

Texte de **René GOSCINNY** Dessins d'**Albert UDERZO**

FRANCE LOISIRS
123, boulevard de Grenelle, Paris

Une édition du Club France-Loisirs, Paris,
réalisée avec l'autorisation
des Éditions Hachette

Le site internet officiel d'Astérix :
www.asterix.tm.fr

Dépôt légal : février 2004

N° Éditeur : 33418
ISBN **2-7242-6794-X**

Imprimé en France par Clerc, relié par Brun

Loi n° 49956 du 16 juillet 1949 sur les publications destinées à la jeunesse

NOUS SOMMES EN 50 AVANT JÉSUS-CHRIST. TOUTE LA GAULE EST OCCUPÉE PAR LES ROMAINS... TOUTE ? NON ! UN VILLAGE PEUPLÉ D'IRRÉDUCTIBLES GAULOIS RÉSISTE ENCORE ET TOUJOURS À L'ENVAHISSEUR. ET LA VIE N'EST PAS FACILE POUR LES GARNISONS DE LÉGIONNAIRES ROMAINS DES CAMPS RETRANCHÉS DE BABAORUM, AQUARIUM, LAUDANUM ET PETIBONUM...

ASTÉRIX, LE HÉROS DE CES AVENTURES. PETIT GUERRIER À L'ESPRIT MALIN, À L'INTELLIGENCE VIVE, TOUTES LES MISSIONS PÉRILLEUSES LUI SONT CONFIÉES SANS HÉSITATION. ASTÉRIX TIRE SA FORCE SURHUMAINE DE LA POTION MAGIQUE DU DRUIDE PANORAMIX...

OBÉLIX EST L'INSÉPARABLE AMI D'ASTÉRIX. LIVREUR DE MENHIRS DE SON ÉTAT, GRAND AMATEUR DE SANGLIERS ET DE BELLES BAGARRES. OBÉLIX EST PRÊT À TOUT ABANDONNER POUR SUIVRE ASTÉRIX DANS UNE NOUVELLE AVENTURE. IL EST ACCOMPAGNÉ PAR IDÉFIX, LE SEUL CHIEN ÉCOLOGISTE CONNU, QUI HURLE DE DÉSESPOIR QUAND ON ABAT UN ARBRE.

PANORAMIX, LE DRUIDE VÉNÉRABLE DU VILLAGE, CUEILLE LE GUI ET PRÉPARE DES POTIONS MAGIQUES. SA PLUS GRANDE RÉUSSITE EST LA POTION QUI DONNE UNE FORCE SURHUMAINE AU CONSOMMATEUR. MAIS PANORAMIX A D'AUTRES RECETTES EN RÉSERVE...

ASSURANCETOURIX, C'EST LE BARDE. LES OPINIONS SUR SON TALENT SONT PARTAGÉES : LUI, IL TROUVE QU'IL EST GÉNIAL, TOUS LES AUTRES PENSENT QU'IL EST INNOMMABLE. MAIS QUAND IL NE DIT RIEN, C'EST UN GAI COMPAGNON, FORT APPRÉCIÉ...

ABRARACOURCIX, ENFIN, EST LE CHEF DE LA TRIBU. MAJESTUEUX, COURAGEUX, OMBRAGEUX, LE VIEUX GUERRIER EST RESPECTÉ PAR SES HOMMES, CRAINT PAR SES ENNEMIS. ABRARACOURCIX NE CRAINT QU'UNE CHOSE : C'EST QUE LE CIEL LUI TOMBE SUR LA TÊTE, MAIS COMME IL LE DIT LUI-MÊME : "C'EST PAS DEMAIN LA VEILLE !"

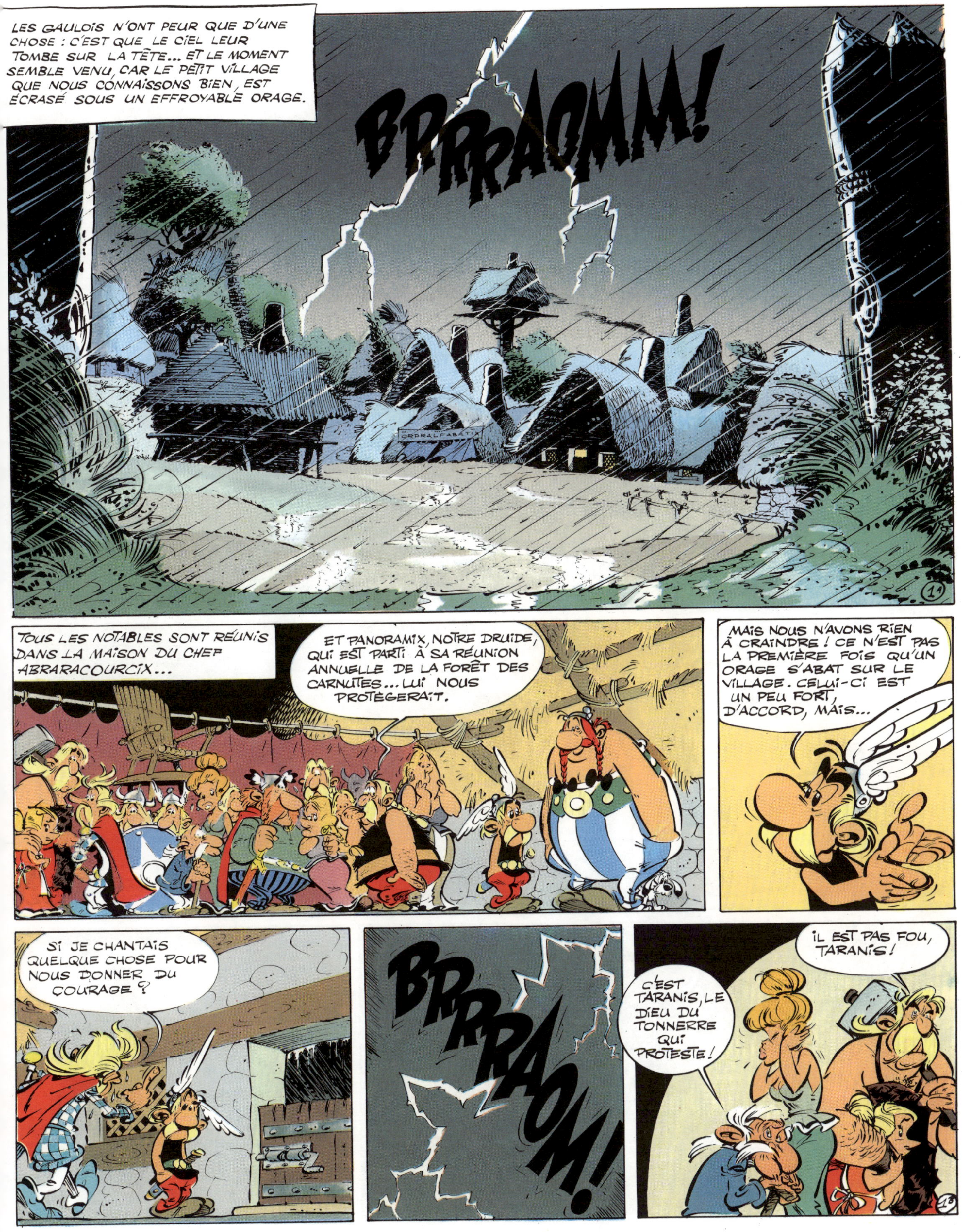
LES GAULOIS N'ONT PEUR QUE D'UNE CHOSE : C'EST QUE LE CIEL LEUR TOMBE SUR LA TÊTE... ET LE MOMENT SEMBLE VENU, CAR LE PETIT VILLAGE QUE NOUS CONNAISSONS BIEN, EST ÉCRASÉ SOUS UN EFFROYABLE ORAGE.
BRRRAOMM!
ORDRALFABÉTIX
TOUS LES NOTABLES SONT RÉUNIS DANS LA MAISON DU CHEF ABRARACOURCIX...
ET PANORAMIX, NOTRE DRUIDE, QUI EST PARTI À SA RÉUNION ANNUELLE DE LA FORÊT DES CARNUTES... LUI NOUS PROTÉGERAIT.
MAIS NOUS N'AVONS RIEN À CRAINDRE ! CE N'EST PAS LA PREMIÈRE FOIS QU'UN ORAGE S'ABAT SUR LE VILLAGE. CELUI-CI EST UN PEU FORT, D'ACCORD, MAIS...
SI JE CHANTAIS QUELQUE CHOSE POUR NOUS DONNER DU COURAGE ?
BRRRAOM!
C'EST TARANIS, LE DIEU DU TONNERRE QUI PROTESTE !
IL EST PAS FOU, TARANIS !

BAH! NOTRE DRUIDE EST ABSENT, MAIS TOUTATIS, LE DIEU DE LA TRIBU NOUS PROTÈGE.
PEUT-ÊTRE, MAIS SUCELLUS, LE DIEU DES MORTS, RISQUE D'ÊTRE RÉVEILLÉ PAR TARANIS!
BELENOS, LE DIEU GUÉRISSEUR, SURVEILLE SUCELLUS.
ET N'OUBLIONS PAS QU'ÉSUS, LE DIEU DE LA VIE, TRAVAILLE LA MAIN DANS LA MAIN AVEC SUCELLUS!
MAIS SI ÉPONA, DÉESSE DE LA GUERRE A SEMÉ LA DISCORDE PARMI EUX?
AH OUI! ILS EN ONT DES DIEUX, LES GAULOIS! PLUS DE QUATRE CENTS DIEUX SE BOUSCULENT DANS LE PANTHÉON. IL Y A DES DIEUX POUR TOUT: POUR LES ARBRES, LES ROUTES, LES FLEUVES. CERTAINS, POUR S'Y RETROUVER NUMÉROTENT LES DIEUX. (SÉQUANA, PAR EXEMPLE, DÉESSE DE LA SEINE, PORTE LE NUMÉRO 75.)
QU'ALLONS-NOUS FAIRE? QU'ALLONS-NOUS FAIRE?
SI ON MANGEAIT?
OBÉLIX A RAISON; CESSONS DE DIRE DES BÊTISES ET ATTENDONS UNE ÉCLAIRCIE EN NOUS AMUSANT!
JE POURRAIS VOUS CHANTER QUELQUE CHOSE D'ENTRAÎNANT...
BRRAOM!
TOC! TOC! TOC!
CRIIII
BRAOM!

EH BIEN ABRARACOURCIX NOTRE CHEF ? NE VAS-TU PAS ACCUEILLIR CE VISITEUR ?
OUI ... OUI ...
TIENS-MOI ÇA.
EH ?
QUI ... QUI ES-TU ?
UN VOYAGEUR ÉGARÉ, SUR--PRIS PAR LA TEMPÊTE. ACCORDE-MOI L'ABRI SOUS TON TOIT JUSQU'À CE QUE S'APAISE LA COLÈRE DES DIEUX.
OUI ... IL SEMBLERAIT QU'AMORA, DÉESSE DE LA MOUTARDE, SOIT MONTÉE AU NEZ DES AUTRES DIEUX ...
TU LA CONNAIS CELLE-LÀ ?
ÇA DOIT ÊTRE UNE DÉESSE PARALLÈLE ... IL FAUDRA FAIRE UNE ENQUÊTE.
ENTRE, VOYAGEUR. MA MAISON EST LA TIENNE. QUE POUVONS-NOUS FAIRE POUR TE RÉCONFORTER ?
IL A SÛREMENT TRÈS FAIM.
IL ME RESTE UN SANGLIER ET UN PEU DE LAIT DE CHÈVRE.
APPORTEZ LE TOUT. JE VAIS L'ACCOMPAGNER PENDANT QU'IL BOIT SON LAIT DE CHÈVRE.

SCROTCH! SCROTCH!
SCROTCH! SCROTCH!
QUEL EST TON NOM VOYAGEUR ?
JE ME NOMME PROLIX. JE PARCOURS LE PAYS ET JE M'ARRÊTE LÀ OÙ JE SAIS QUE JE SERAI BIEN REÇU. JE SAVAIS QUE L'ORAGE ALLAIT ÉCLATER, ET JE ME SUIS HÂTÉ VERS TA MAISON, OÙ JE SAVAIS QUE JE POUVAIS COMPTER SUR TON HOSPITALITÉ...
... MÊME SI CERTAINS ONT UNE DRÔLE DE FAÇON DE PARTAGER LE LAIT ET LE SANGLIER... MAIS ÇA, JE LE SAVAIS AUSSI.
CO... COMMENT SAVAIS-TU TOUT ÇA ?
JE SUIS UN DEVIN !
4A
UN DEVIN !?
HÉ, HÉ !
BRRRAOM !
QUELQU'UN, ICI, EST UN ESPRIT FORT ET TARANIS N'AIME PAS ÇA !
NON, C'EST SÛREMENT CET IMBÉCILE QUI ALLAIT SE METTRE À CHANTER. IL NE FAIT RIEN QU'EMBÊTER TARANIS !
MAIS JAMAIS DE LA VIE !
EXCUSE MES HOMMES, DEVIN. ILS PASSENT LEUR TEMPS À SE BAGARRER.
JE SAIS.
4B

LE SCEPTICISME D'ASTÉRIX N'Y FAIT RIEN. ACCABLÉS PAR TOUS LES DIEUX QUI LES PROTÈGENT ET LES MENACENT, LES PEUPLES DE L'ANTIQUITÉ VEULENT CON-NAÎTRE À L'AVANCE LEURS CAPRICES. IL EST TEMPS D'OUVRIR UNE PARENTHÈSE...
PARENTHÈSE NÉCESSAIRE POUR PARLER DES DEVINS, ORACLES, PROPHÈTES, AUGURES, HARUSPICES, ET AUTRES INTERPRÈTES DES LIVRES SIBYLLINS...
Ô DEVIN! LES DIEUX FAVORISERONT-ILS LA RÉCOLTE ?
LES DEVINS LISENT L'AVENIR DANS LE VOL DES OISEAUX...
OUI, PAYSAN! LES DIEUX FERONT PLEUVOIR POUR FERTILISER TON CHAMP!
...DANS L'APPÉTIT DES OIES SACRÉES...
LE FOIE GRAS SERA BON CETTE ANNÉE. AINSI L'ONT DÉCIDÉ LES DIEUX!
...ET SURTOUT DANS LES ENTRAIL-LES DES ANIMAUX SACRIFIÉS.
VOUS POUVEZ VOUS EMBARQUER. LES DIEUX SERONT CLÉMENTS. PAS LA MOINDRE TEMPÊTE À L'HORIZON.
LES RÉSULTATS NE SONT PAS TOUJOURS PROBANTS...
C'ÉTAIT ÉC'IT DANS LES T'IPES QU'IL DISAIT!
5A
MÊME LES PLUS GRANDS CONSULTENT LES AUGURES...
...ET TANT QUE BRUTUS SERA PRÈS DE TOI, Ô CÉSAR, TU N'AURAS RIEN À CRAINDRE!
SI CERTAINS VISIONNAIRES ONT UNE IDÉE RAISONNABLE DE CE QUE L'AVENIR PEUT APPORTER...
...EN GÉNÉRAL ILS DISENT N'IMPORTE QUOI!
BREF, CE SONT DES CHARLATANS QUI VIVENT DE LA CRÉDULITÉ, DE LA PEUR, DE LA SUPERSTITION DES HOMMES, ET REFERMONS LA PARENTHÈSE.
5B

BRRRAOUM!
DEVIN, DEVIN! DIS-MOI SI LE CIEL EST EN TRAIN DE NOUS TOMBER SUR LA TÊTE!
IL ME FAUDRAIT UN ANIMAL POUR LIRE DANS SES ENTRAILLES.
ON POURRAIT ESSAYER AVEC UN SANGLIER RÔTI.
OBÉLIX, IL N'Y A PLUS DE SANGLIER!
ET AVEC CE QUI RESTE DE L'AUTRE, IL N'Y A PLUS GRAND CHOSE À LIRE.
MAIS LE CHIEN, LÀ, POURRAIT SERVIR... JE LIS TRÈS BIEN DANS LES CHIENS.
KAÏÏÏÏ!
LE PREMIER QUI TOUCHE À IDÉFIX, SE RAMASSE UNE BAFFE!
MÉFIE-TOI! LES PRÉDICTIONS D'OBÉLIX SE VÉRIFIENT SOUVENT.
BONG!
TANT PIS! JE NE POURRAI PAS SAVOIR LES INTENTIONS DES DIEUX.
MAIS L'ORAGE REDOUBLE DE VIOLENCE!
MOI JE PEUX APPORTER UN POISSON; J'EN VENDS.
ÇA PEUT ALLER... NOUS, LES DEVINS, NOUS ALLONS SOUVENT ACHETER DE LA LECTURE CHEZ NOS POISSONNIERS HABITUELS *
* LA TRADITION S'EST PERPÉTUÉE. DE NOS JOURS, LES POISSONNIERS ENVELOPPENT ENCORE LEUR MARCHANDISE DE JOURNAUX POUR QUE LES ACHETEURS PUISSENT AVOIR DE LA LECTURE.
PEU APRÈS...

PAR BORVO, DIEU DES SOURCES, ET PAR DAMONA, LA GÉNISSE, ET QUOI QU'EN PENSENT LES INCRÉDULES, JE VOIS QUE LE CIEL NE VOUS TOMBERA PAS SUR LA TÊTE, ET QU'APRÈS LA PLUIE, ARRIVERA LE BEAU TEMPS...
AH! ME VOICI SOULAGÉE!
JE VOIS AUSSI QU'UNE BAGARRE VA ÉCLATER.
SI PANORAMIX ÉTAIT LÀ, IL VOUS DIRAIT DE NE PAS CROIRE CET IMPOSTEUR! C'EST UNE HONTE!
MAIS, ASTÉRIX, LE POISSON A PARLÉ...
TOUT CE QUE L'ON PEUT PRÉDIRE EN EXAMINANT CE POISSON, C'EST QUE CELUI QUI LE MANGERA SERA MALADE!
ET POURQUOI DONC, JE VOUS PRIE?
PARCE QU'IL N'EST PAS FRAIS, TON POISSON!
LES NOUVELLES N'ÉTAIENT PAS DE LA TOUTE PREMIÈRE FRAÎCHEUR, EN EFFET... MAIS JE SUIS SÛR QUE LA LECTURE DE CE CHIEN NOUS DONNERA CONFIRMATION DE...
PERSONNE NE NOUS A JAMAIS LUS, ET PERSONNE NE NOUS LIRA!!!
PAS FRAIS, MON POISSON?
ÇA, IL FAUT AVOUER... MAINTENANT QU'ON L'A LU, TU DEVRAIS LE REFERMER ET LE RANGER...
SPLATCH!
TCHOC!
TCHONC!
TCHAC!
PAF!
PAF!
PAF!
TCHONC
THONC
BANG!
BANG!
BANG!
OUAH! OUAH!

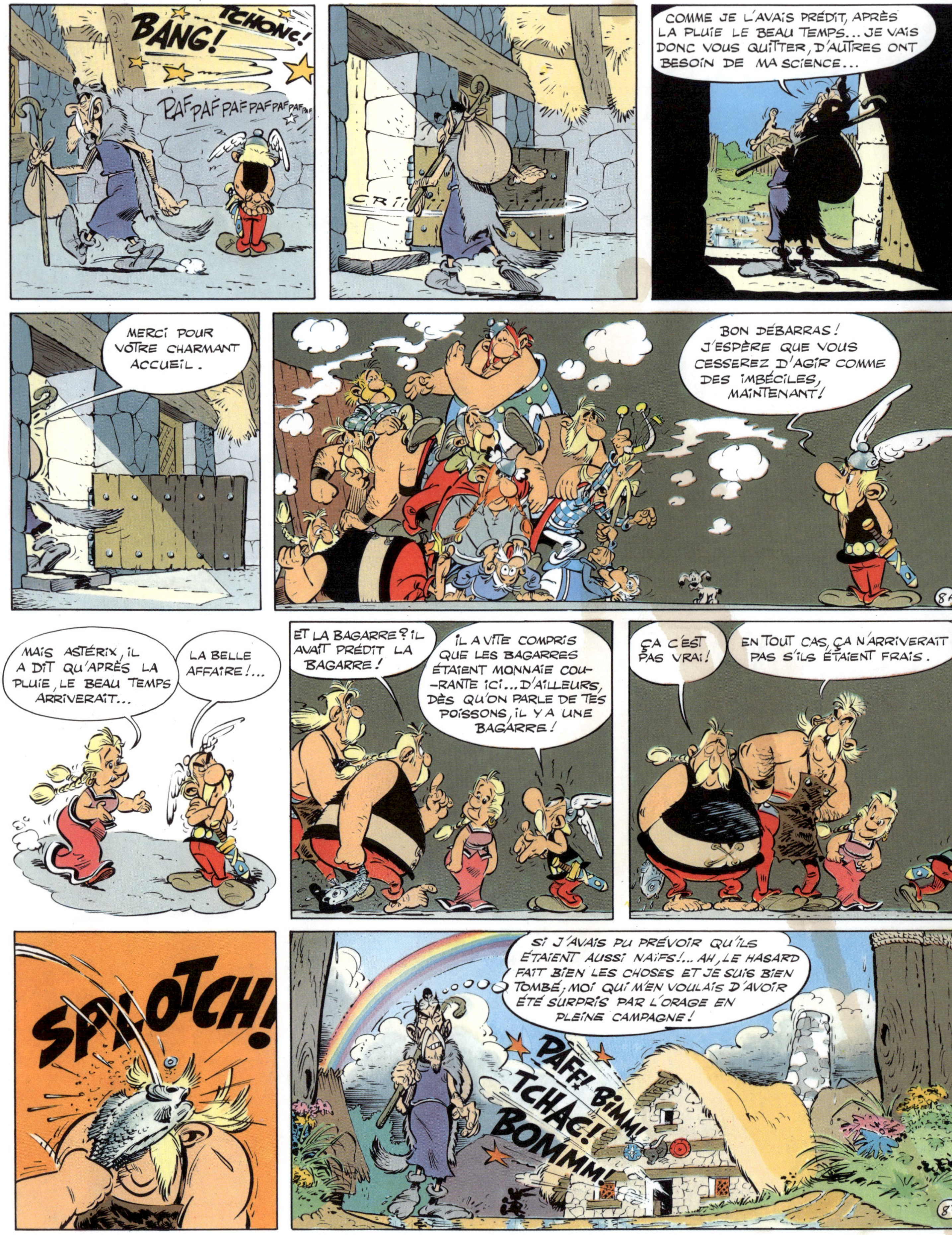
TCHONC!
BANG!
PAF PAF PAF PAF PAF PAF PAF
CRI
COMME JE L'AVAIS PRÉDIT, APRÈS LA PLUIE LE BEAU TEMPS... JE VAIS DONC VOUS QUITTER, D'AUTRES ONT BESOIN DE MA SCIENCE...
MERCI POUR VOTRE CHARMANT ACCUEIL.
BON DÉBARRAS! J'ESPÈRE QUE VOUS CESSEREZ D'AGIR COMME DES IMBÉCILES, MAINTENANT!
MAIS ASTÉRIX, IL A DIT QU'APRÈS LA PLUIE, LE BEAU TEMPS ARRIVERAIT...
LA BELLE AFFAIRE!...
ET LA BAGARRE? IL AVAIT PRÉDIT LA BAGARRE!
IL A VITE COMPRIS QUE LES BAGARRES ÉTAIENT MONNAIE COU-RANTE ICI... D'AILLEURS, DÈS QU'ON PARLE DE TES POISSONS, IL Y A UNE BAGARRE!
ÇA C'EST PAS VRAI!
EN TOUT CAS, ÇA N'ARRIVERAIT PAS S'ILS ÉTAIENT FRAIS.
SPLOTCH!
SI J'AVAIS PU PRÉVOIR QU'ILS ÉTAIENT AUSSI NAÏFS!... AH, LE HASARD FAIT BIEN LES CHOSES ET JE SUIS BIEN TOMBÉ; MOI QUI M'EN VOULAIS D'AVOIR ÉTÉ SURPRIS PAR L'ORAGE EN PLEINE CAMPAGNE!
PAFF! BIMM! TCHAC! BOMMM!

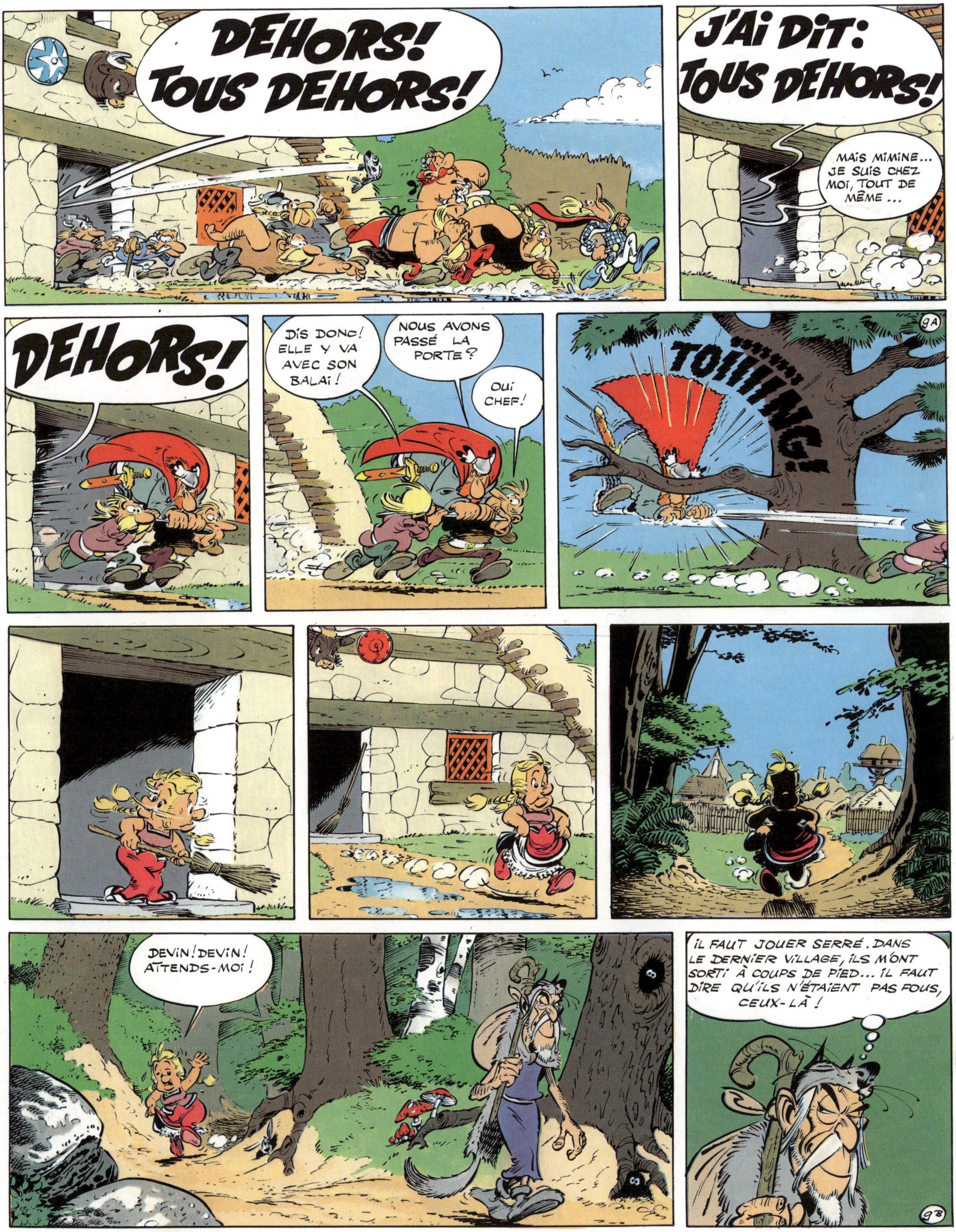
DEHORS! TOUS DEHORS!
J'AI DIT: TOUS DEHORS!
MAIS MIMINE... JE SUIS CHEZ MOI, TOUT DE MÊME ...
DEHORS!
DIS DONC! ELLE Y VA AVEC SON BALAI!
NOUS AVONS PASSÉ LA PORTE?
OUI CHEF!
TOIIIIING!
DEVIN! DEVIN! ATTENDS-MOI!
IL FAUT JOUER SERRÉ. DANS LE DERNIER VILLAGE, ILS M'ONT SORTI À COUPS DE PIED... IL FAUT DIRE QU'ILS N'ÉTAIENT PAS FOUS, CEUX-LÀ!

DEVIN, NE PARS PAS! JE VOUDRAIS TE CONSULTER AU SUJET DE MON AVENIR.
NON, NON, NON! IL Y A DES ESPRITS FORTS DANS TON VILLAGE!
CE PETIT BONHOMME À MOUSTACHES JAUNES ET CE GROS MONSTRE QUI NE VEUT PAS QU'ON LISE DANS SON CHIEN!...
CE SONT DES BARBARES... IL NE FAUT PAS FAIRE ATTENTION À EUX... RESTE!
SI JE RETOURNE AU VILLAGE, JE PRÉVOIS DES ENNUIS AVEC TES BARBARES... NE PEUX-TU PAS LES FAIRE CHASSER, CES DEUX-LÀ?
CHASSER ASTÉRIX ET OBÉLIX? OH NON!
ÉVIDEMMENT... JE POURRAIS M'INSTALLER DANS CETTE CLAIRIÈRE, EN ATTENDANT...
OH OUI! ET JE M'ARRANGERAI POUR QU'OBÉLIX ET ASTÉRIX NE VIENNENT PLUS DANS LA FORÊT.
JE T'APPORTE-RAI TOUT CE QU'IL TE FAUT... À MANGER...
NON! NON! NOUS, LES DEVINS, MENONS UNE VIE FAITE DE MÉDITATION...
APPORTE-MOI SEULEMENT DE QUOI LIRE: DES SANGLIERS, DES CANARDS, DES POULETS, DE LA PÂTISSERIE, DE LA CERVOISE...
TU LIS DANS LA CERVOISE, AUSSI?
SI ELLE EST BIEN TIRÉE, ELLE DEVIENT TRÈS LISIBLE.
TU AURAS TOUT ÇA... MAIS DIS-MOI CE QUE LES DIEUX ME RÉSERVENT POUR MON AVENIR...
HMM...
LE VOL DE CES HIRONDELLES ME DIT QUE TU NE PASSE-RAS PAS TOUTE TA VIE DANS CE VILLAGE MINABLE.
MAIS MON MARI EN EST LE CHEF!
IL SERA APPELÉ VERS DE PLUS HAUTES DESTINÉES... IL ME FAUDRAIT DES COUSSINS, AUSSI...
MON FRÈRE, LE RICHE HOMÉOPATIX LE PRENDRA COMME ASSOCIÉ DANS SES AFFAIRES À LUTÈCE?
J'ALLAIS LE DIRE. MAINTENANT LAISSE-MOI, JE DOIS MÉDITER.

OÙ ALLEZ-VOUS?
NOUS ALLONS CHER-CHER DES SANGLIERS; UN PEU DE LECTURE NE PEUT PAS NOUS FAIRE DE MAL.
MOI, JE NE LIS PAS, JE DÉVORE!
ET...ET VOUS ALLEZ DANS LA FORÊT POUR FAIRE ÇA?
LES SANGLIERS C'EST COMME LES CHAMPIGNONS, ÇA POUSSE AU PIED DES ARBRES.
MAIS ILS SONT TOUS BONS À MANGER, PAS COMME LES CHAMPIGNONS, CES IMBÉCILES.
ALLONS, VENEZ! JE VOUS INVITE À MANGER CHEZ MOI!
?!
?!
J'AMÈNE DES INVITÉS, COCHONNET!
COCHONNET?... TU NE M'AS PAS APPELÉ COCHONNET DEPUIS LE DÉBUT DE NOTRE MARIAGE!
JE T'AVAIS MAL JUGÉ, COCHONNET. JE SAIS QUE NOUS ALLONS ÊTRE TRÈS HEUREUX. OFFRE UNE CERVOISE À TES AMIS PENDANT QUE JE PRÉ-PARE LE REPAS, COCHONNET.
HGMMMMPFFF!..
QU'EST-CE QUE VOUS AVEZ, VOUS DEUX?
HAHAHAHA HIHIHIHOHO!
EXCUSE-NOUS HIHIHI HOHO COCHONNET, NOTRE CH... HAHAHA!

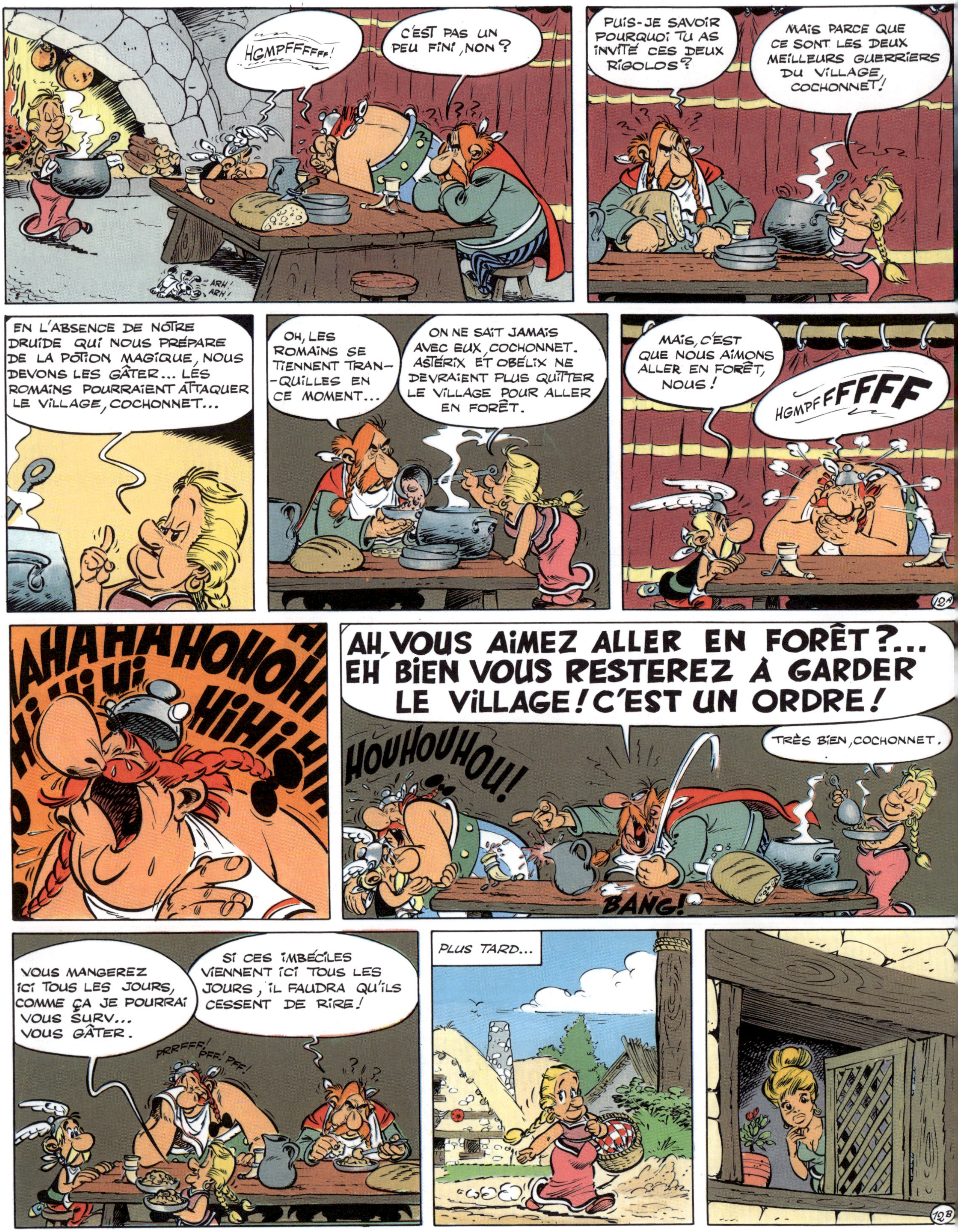
HGMPFFFFFFF!
C'EST PAS UN PEU FINI, NON?
PUIS-JE SAVOIR POURQUOI TU AS INVITÉ CES DEUX RIGOLOS?
MAIS PARCE QUE CE SONT LES DEUX MEILLEURS GUERRIERS DU VILLAGE, COCHONNET!
EN L'ABSENCE DE NOTRE DRUIDE QUI NOUS PRÉPARE DE LA POTION MAGIQUE, NOUS DEVONS LES GÂTER... LES ROMAINS POURRAIENT ATTAQUER LE VILLAGE, COCHONNET...
OH, LES ROMAINS SE TIENNENT TRAN-QUILLES EN CE MOMENT...
ON NE SAIT JAMAIS AVEC EUX, COCHONNET. ASTÉRIX ET OBÉLIX NE DEVRAIENT PLUS QUITTER LE VILLAGE POUR ALLER EN FORÊT.
MAIS, C'EST QUE NOUS AIMONS ALLER EN FORÊT, NOUS!
HGMPFFFFFF
HAHAHAHOHOHO
HIHIHI
AH, VOUS AIMEZ ALLER EN FORÊT?... EH BIEN VOUS RESTEREZ À GARDER LE VILLAGE! C'EST UN ORDRE!
TRÈS BIEN, COCHONNET.
HOUHOUHOU!
BANG!
VOUS MANGEREZ ICI TOUS LES JOURS, COMME ÇA JE POURRAI VOUS SURV... VOUS GÂTER.
SI CES IMBÉCILES VIENNENT ICI TOUS LES JOURS, IL FAUDRA QU'ILS CESSENT DE RIRE!
PRRFFF, PFF! PFF!
PLUS TARD...

Ô DEVIN, JE T'AI APPORTÉ DE QUOI LIRE MON AVENIR À LUTÈCE...
SUIS-JE SOTTE! CETTE OIE N'A PAS D'ENTRAILLES! ELLE EST FARCIE!
AUCUNE IMPORTANCE, J'AIME BIEN LIRE LES FARCES...
TU AURAS DE BEAUX VÊTEMENTS, LA PLUS BELLE MAISON DE LA VILLE, ET TU FERAS PARTIE DU TOUT LUTÈCE...
UN PEU PLUS TARD...
LALALALÈÈÈÈÈÈÈÈRE
QUE FAIS-TU ICI, BONEMINE?
HEIN?...EUH... JE CUEILLAIS DES CHAMPIGNONS.
JE VOIS QUE LA RÉCOLTE N'A PAS ÉTÉ BONNE... TU VEUX QUE JE T'AIDE?
OH, ET PUIS DIAULE*! JE VIENS DE CONSULTER LE DEVIN QUI EST RESTÉ DANS LA FORÊT, LÀ-BAS... MAIS SURTOUT N'EN PARLE À PERSONNE!
*FLÛTE GAULOISE.
ENCORE PLUS TARD...
...ET NE LE DIS À PERSONNE, MAIS IL M'A PRÉDIT QU'AGECANONIX DEVIENDRAIT TRÈS TRÈS RICHE ET QUE J'AURAI DES TAS DE BIJOUX...
TOUJOURS PLUS TARD...
CHEZ
OÙ VAS-TU?
ME... ME PROMENER EN FORÊT.
AVEC CES POISSONS?
BEN OUI. LES PAUVRES BÊTES ONT BIEN LE DROIT DE PRENDRE L'AIR, NON? ELLES NE VONT PAS SOUVENT EN FORÊT, AVOUE.

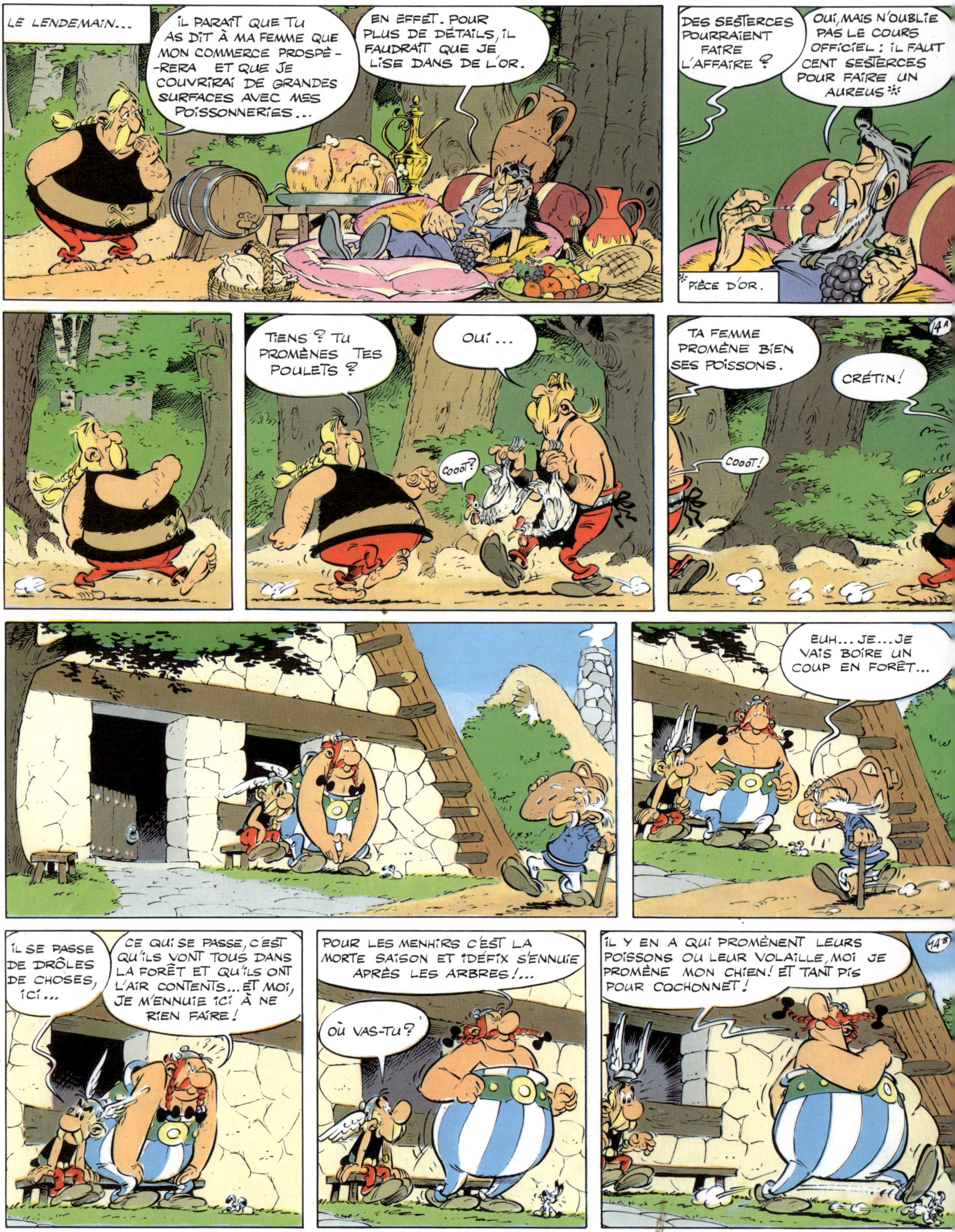

LE LENDEMAIN...
IL PARAÎT QUE TU AS DIT À MA FEMME QUE MON COMMERCE PROSPÈRERA ET QUE JE COUVRIRAI DE GRANDES SURFACES AVEC MES POISSONNERIES...
EN EFFET. POUR PLUS DE DÉTAILS, IL FAUDRAIT QUE JE LISE DANS DE L'OR.
DES SESTERCES POURRAIENT FAIRE L'AFFAIRE ?
OUI, MAIS N'OUBLIE PAS LE COURS OFFICIEL : IL FAUT CENT SESTERCES POUR FAIRE UN AUREUS*
* PIÈCE D'OR.
TIENS ? TU PROMÈNES TES POULETS ?
OUI...
COOOT?
TA FEMME PROMÈNE BIEN SES POISSONS.
CRÉTIN !
COOOT!
EUH... JE... JE VAIS BOIRE UN COUP EN FORÊT...
IL SE PASSE DE DRÔLES DE CHOSES, ICI...
CE QUI SE PASSE, C'EST QU'ILS VONT TOUS DANS LA FORÊT ET QU'ILS ONT L'AIR CONTENTS... ET MOI, JE M'ENNUIE ICI À NE RIEN FAIRE !
POUR LES MENHIRS C'EST LA MORTE SAISON ET IDÉFIX S'ENNUIE APRÈS LES ARBRES !...
OÙ VAS-TU ?
IL Y EN A QUI PROMÈNENT LEURS POISSONS OU LEUR VOLAILLE, MOI JE PROMÈNE MON CHIEN ! ET TANT PIS POUR COCHONNET !

ÇA NOUS CHANGE DE L'AIR DU VILLAGE, HEIN, IDÉFIX?
OUAH! OUAH!
ON VA CHERCHER DES SANGLIERS. ILS DOIVENT ÊTRE INQUIETS DE NE PAS NOUS AVOIR VUS DEPUIS SI LONGTEMPS...
CHERCHE IDÉFIX, CHERCHE!
SNIFF! SNIFF! SNIFF!
?!?
KAÏÏÏÏÏÏÏ!
?
IL Y A QUELQUE CHOSE QUI TE FAIT PEUR, LÀ-BAS ?... MAIS IL NE FAUT PAS; C'EST NOUS QUI FAISONS PEUR!
EN EFFET...
?!?
LE MONSTRE!
LE LECTEUR DE CHIENS!
ASTÉRIX T'A POURTANT DIT DE NE PAS RESTER ICI! DESCENDS, OU J'ARRACHE L'ARBRE!
GRRRR!
JE VOIS UNE FEMME BLONDE... UNE TRÈS BELLE JEUNE FEMME BLONDE... QUI AIME LES GRANDS GUERRIERS ROUX AVEC DES TRESSES...
AVEC DES TRESSES?

ALORS ? ÇA S'EST BIEN PASSÉ CETTE PROMENADE EN FORÊT ? TU AS TROUVÉ DES SANGLIERS ?
OUI... NON... JE NE SAIS PLUS...
!?!
?
ILS REVIENNENT TOUS DE LA FORÊT COMPLÈTEMENT FOUS !... IL FAUT QUE J'AILLE VOIR CE QUI SE PASSE LÀ-BAS !
16A
?
IL Y A QUELQU'UN ?
!!!
16B

OÙ EST-IL ?
OÙ EST QUI ?
TU L'AS CHASSÉ ! POURTANT, TON CHEF T'AVAIT INTERDIT DE VENIR EN FORÊT !
DE GRANDS MALHEURS VONT S'ABATTRE SUR NOUS ! LE DEVIN M'AVAIT PRÉVENUE !
LE DEVIN ? MAIS BONEMINE, ATTENDS-MOI !...
ASTÉRIX A CHASSÉ LE DEVIN !
C'EST DE LA FOLIE ! LE DEVIN A PRÉDIT DE GRANDS MALHEURS S'IL ÉTAIT CHASSÉ !
TU AS COMMIS UNE IMPRUDENCE, ASTÉRIX. MOI AUSSI, IL M'AVAIT PRÉVENU, LE DEVIN ...
AH, PARCE QUE TU L'AVAIS CONSULTÉ, TOI AUSSI ...
EUH ... HUM ... UNE FOIS SEULEMENT ... GOUVERNER C'EST PRÉVOIR, ET ...
IL M'AVAIT DIT QUE L'HOMME QUE J'AIME DEVIENDRAIT FORT ET BEAU !...
DE CE COTÉ LÀ, EN TOUT CAS, C'EST GAGNÉ.
ÉCOUTEZ : SI J'AVAIS SU QUE LE DEVIN ÉTAIT DANS LA FORÊT, JE L'AURAIS SANS DOUTE CHASSÉ ! MAIS JE NE LE SAVAIS PAS ET JE NE COMPRENDS RIEN À CE MYSTÈRE !
POISSONS
CHEZ

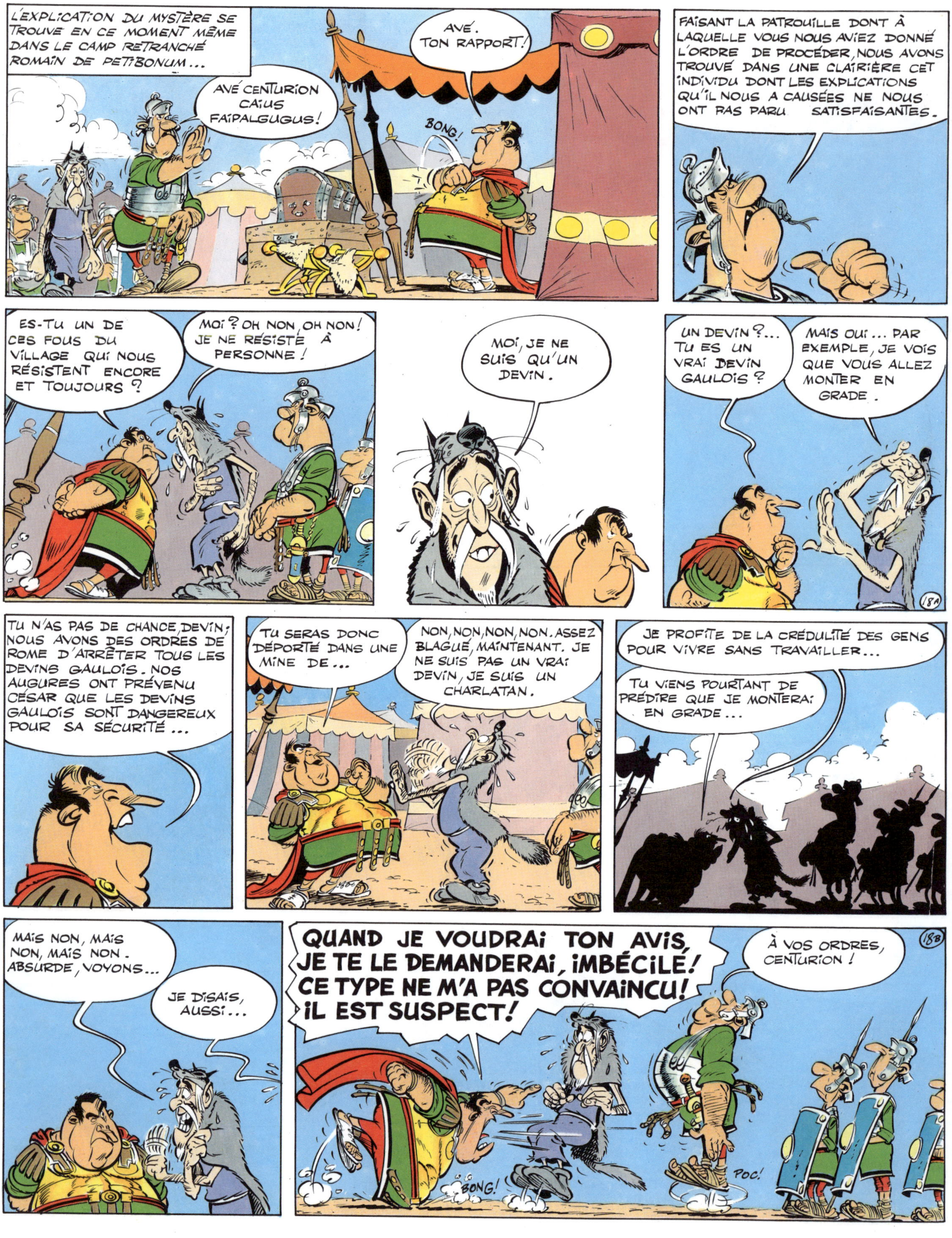

L'EXPLICATION DU MYSTÈRE SE TROUVE EN CE MOMENT MÊME DANS LE CAMP RETRANCHÉ ROMAIN DE PETIBONUM...
AVÉ CENTURION CAIUS FAIPALGUGUS!
AVÉ. TON RAPPORT!
BONG!
FAISANT LA PATROUILLE DONT À LAQUELLE VOUS NOUS AVIEZ DONNÉ L'ORDRE DE PROCÉDER, NOUS AVONS TROUVÉ DANS UNE CLAIRIÈRE CET INDIVIDU DONT LES EXPLICATIONS QU'IL NOUS A CAUSÉES NE NOUS ONT PAS PARU SATISFAISANTES.
ES-TU UN DE CES FOUS DU VILLAGE QUI NOUS RÉSISTENT ENCORE ET TOUJOURS?
MOI? OH NON, OH NON! JE NE RÉSISTE À PERSONNE!
MOI, JE NE SUIS QU'UN DEVIN.
UN DEVIN?... TU ES UN VRAI DEVIN GAULOIS?
MAIS OUI... PAR EXEMPLE, JE VOIS QUE VOUS ALLEZ MONTER EN GRADE.
18A
TU N'AS PAS DE CHANCE, DEVIN; NOUS AVONS DES ORDRES DE ROME D'ARRÊTER TOUS LES DEVINS GAULOIS. NOS AUGURES ONT PRÉVENU CÉSAR QUE LES DEVINS GAULOIS SONT DANGEREUX POUR SA SÉCURITÉ...
TU SERAS DONC DÉPORTÉ DANS UNE MINE DE...
NON, NON, NON, NON. ASSEZ BLAGUÉ, MAINTENANT. JE NE SUIS PAS UN VRAI DEVIN, JE SUIS UN CHARLATAN.
JE PROFITE DE LA CRÉDULITÉ DES GENS POUR VIVRE SANS TRAVAILLER...
TU VIENS POURTANT DE PRÉDIRE QUE JE MONTERAI EN GRADE...
MAIS NON, MAIS NON, MAIS NON. ABSURDE, VOYONS...
JE DISAIS, AUSSI...
QUAND JE VOUDRAI TON AVIS, JE TE LE DEMANDERAI, IMBÉCILE! CE TYPE NE M'A PAS CONVAINCU! IL EST SUSPECT!
À VOS ORDRES, CENTURION!
18B
BONG!
POC!

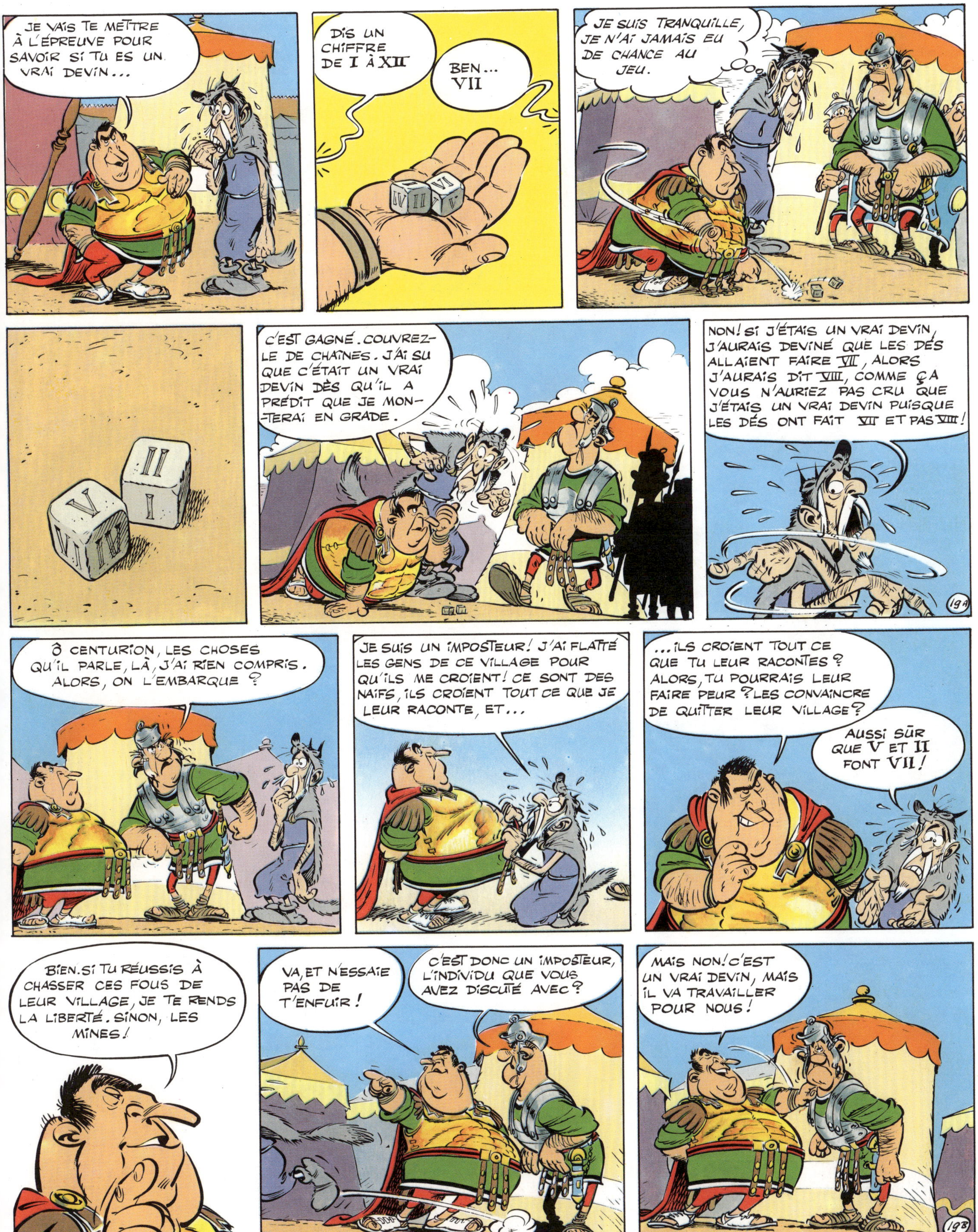
JE VAIS TE METTRE À L'ÉPREUVE POUR SAVOIR SI TU ES UN VRAI DEVIN...
DIS UN CHIFFRE DE I À XII
BEN... VII
JE SUIS TRANQUILLE, JE N'AI JAMAIS EU DE CHANCE AU JEU.
C'EST GAGNÉ. COUVREZ-LE DE CHAÎNES. J'AI SU QUE C'ÉTAIT UN VRAI DEVIN DÈS QU'IL A PRÉDIT QUE JE MONTERAI EN GRADE.
NON! SI J'ÉTAIS UN VRAI DEVIN, J'AURAIS DEVINÉ QUE LES DÉS ALLAIENT FAIRE VII, ALORS J'AURAIS DIT VIII, COMME ÇA VOUS N'AURIEZ PAS CRU QUE J'ÉTAIS UN VRAI DEVIN PUISQUE LES DÉS ONT FAIT VII ET PAS VIII!
Ô CENTURION, LES CHOSES QU'IL PARLE, LÀ, J'AI RIEN COMPRIS. ALORS, ON L'EMBARQUE ?
JE SUIS UN IMPOSTEUR! J'AI FLATTÉ LES GENS DE CE VILLAGE POUR QU'ILS ME CROIENT! CE SONT DES NAIFS, ILS CROIENT TOUT CE QUE JE LEUR RACONTE, ET...
...ILS CROIENT TOUT CE QUE TU LEUR RACONTES ? ALORS, TU POURRAIS LEUR FAIRE PEUR ? LES CONVAINCRE DE QUITTER LEUR VILLAGE ?
AUSSI SÛR QUE V ET II FONT VII!
BIEN. SI TU RÉUSSIS À CHASSER CES FOUS DE LEUR VILLAGE, JE TE RENDS LA LIBERTÉ. SINON, LES MINES!
VA, ET N'ESSAIE PAS DE T'ENFUIR!
C'EST DONC UN IMPOSTEUR, L'INDIVIDU QUE VOUS AVEZ DISCUTÉ AVEC ?
MAIS NON! C'EST UN VRAI DEVIN, MAIS IL VA TRAVAILLER POUR NOUS!

C'EST UNE GRANDE IMPRUDENCE QUE TU AS FAITE LÀ, ASTÉRIX ! IL EST DANGEREUX DE DÉFIER UN DEVIN !
CET IMPOSTEUR A PRIS VOTRE OR, IL A VÉCU DE VOS VICTUAILLES, ET MAINTENANT, IL EST SIMPLEMENT PARTI CHERCHER D'AUTRES NAÏFS !
JE NE CROIS PAS QUE C'ÉTAIT UN IMPOSTEUR. JE N'AIME PAS SES LECTURES, MAIS IL DISAIT DES CHOSES JUSTES.
OH NON, OBÉLIX ! PAS TOI !
POUR UNE FOIS TON GROS COPAIN NE DIT PAS DE BÊTISES...
JE NE SUIS PAS GROS; JE SUIS UN GRAND GUERRIER ROUX À TRESSES.
REGARDEZ !
LE DEVIN ! LE DEVIN EST REVENU !
OUI, JE SUIS REVENU POUR VOUS DIRE QUE LE MALHEUR EST SUR VOUS, GAULOIS ! VOTRE VILLAGE EST MAUDIT PAR LES DIEUX !
L'AIR MÊME QUE VOUS RESPIRE--REZ VIENDRA DES PROFONDEURS INFERNALES ! IL SERA NAUSÉABOND, EMPOISONNÉ, ET VOS VISAGES EN PERDRONT LES COULEURS DE LA VIE...
FUYEZ ! FUYEZ IMPRUDENTS ! C'EST VOTRE SEULE CHANCE DE SALUT ! JE VOUS AVAIS PRÉVENUS !
20

BON, ALORS QU'EST-CE QU'ON FAIT ?
GRAT! GRAT!
MOI JE NE RESTE PAS UN INSTANT DE PLUS DANS CE VILLAGE MAUDIT! PARTONS POUR LUTÈCE, COCHONNET! JE SUIS SÛR QU'UN GRAND AVENIR...
VOUS ÊTES TOUS FOUS! VOUS N'ALLEZ PAS ABAN--DONNER LE VILLAGE À CAUSE DE CE CHARLATAN!
POC! POC! POC!
CE N'EST PAS UN CHARLATAN! J'EN SUIS LA PREUVE VIVANTE!
OH, VIVANTE...
OUI MÔSSIEU! JE ME SENS DEVENIR DE PLUS EN PLUS JEUNE ET FORT!...
NOUS POUVONS LUTTER CONTRE LES ROMAINS, MAIS PAS CONTRE LA VOLONTÉ DES DIEUX!
MAIS OÙ IRONS-NOUS? LE DEVIN M'A DIT QUE J'AURAI DES MAGASINS DANS TOUTE LA RÉGION... IL FAUT QUE JE RESTE DANS LES ENVIRONS!
ALLONS NOUS INSTALLER DANS LA PETITE ÎLE, PAS LOIN DE LA CÔTE!
MAIS COCHONNET, C'EST À LUTÈCE QUE...
!
21A
COMME ÇA, QUAND LA COLÈRE DES DIEUX SE SERA APAISÉE, NOUS POURRONS REVENIR AU VILLAGE... ON Y VA?
JE RESTE!
TOUS À LA PLAGE!
OBÉLIX! TU PARS AUSSI?
BEN...
BEN... BEN, JE RESTE.
21B

METTEZ LES BATEAUX À LA MER !
ALLONS-Y LES ENFANTS ! ON EMBARQUE !
ÇA VA AGECANONICHOU ?
BLOUG GLOUB BLOUG !
TU CROIS VRAIMENT QU'IL RACONTE DES BLAGUES, LE DEVIN ?
J'EN SUIS SÛR. JE NE SAIS PAS CE QU'IL A PU TE DIRE, MAIS MIEUX VAUT EN RIRE.
OH, JE N'AI PAS ENVIE DE RIGOLER.
ALLONS NOUS CACHER DANS LA FORÊT POUR VOIR CE QUI VA SE PASSER MAINTENANT.
PENDANT CE TEMPS...
ÇA Y EST ! ILS SONT PARTIS ! COMME JE VOUS L'AVAIS DIT !
JE N'EN DOUTAIS PAS. VOUS AVEZ DE GRANDS POUVOIRS VOUS, LES DEVINS.
BON. ALORS, ON L'EMBARQUE ?
MAIS VOUS M'AVIEZ PROMIS DE ME LAISSER LIBRE ! ET JE NE SUIS PAS UN DEVIN ! JE SUIS UN MALIN, C'EST TOUT !

ALLONS VISITER LE VILLAGE POUR VÉRIFIER TES DIRES.
...ET J'AI EU L'IDÉE DE PARLER DE L'AIR NAUSÉABOND, PARCE QU'À LUTÈCE, J'HABITE PRÈS D'UNE TANNERIE, ET...
AH BON? CE N'EST PAS UNE VRAIE PRÉDICTION?
JE NE SAIS PAS FAIRE DE VRAIES PRÉDICTIONS! SI J'AVAIS PU PRÉVOIR COMMENT ÇA ALLAIT TOURNER, JE SERAIS RESTÉ PRÈS DE MA TANNERIE!
SILENCE!... NOUS SOMMES PRÈS DU VILLAGE... C'EST CALME, MAIS AVEC CES GAULOIS, ON NE SAIT JAMAIS!
UN VOLONTAIRE POUR ALLER EN ÉCLAIREUR.
PRÉSENT!
TU EMMÈNERAS LE DEVIN AVEC TOI.
JE L'AURAIS PARIÉ.
JE SAIS.
MAIS NON VOUS NE SAVEZ PAS!
ON L'EMBARQUE?

REGARDE, ASTÉRIX! IL Y EN A DEUX QUI SONT ENTRÉS! ON NE VA PAS LAISSER LES ROMAINS S'INSTALLER CHEZ NOUS, TOUT DE MÊME!
ILS NE FONT QUE PASSER. ÇA, JE TE LE PROMETS, OBÉLIX!
ON PEUT Y ALLER.
EUH... CENTURION... EST-CE BIEN PRUDENT? C'EST PEUT-ÊTRE UNE EMBUSCADE... VOUS SAVEZ COMMENT SONT CES GAULOIS...
MAIS NON MON BRAVE! LES DEVINS NE SE TROMPENT JAMAIS, VOYONS!... ALLONS, EN COLONNE PAR IV!
C'EST TOUJOURS ÉMOUVANT DE LIBÉRER UNE CITÉ!
24A
C'EST COMME QUI DIRAIT DÉSERT ET INHABITÉ, Ô CENTURION!
CHEZ
ORDRAL
VA A ROME PORTER UN MESSAGE À CÉSAR. TU LUI DIRAS: "TOUTE LA GAULE EST OCCUPÉE", IL TE DEMANDERA: "TOUTE?" TU LUI RÉPONDRAS: "TOUTE!" IL COMPRENDRA.
VOUS MONTEREZ EN GRADE SÛREMENT, COMME QU'IL VOUS L'A PRÉVENU, LE DEVIN.
BIEN SÛR.
MAIS... MAIS JAMAIS DE LA VIE!
POURQUOI? LES DIEUX T'ONT PRÉVENU DE QUELQUE CHOSE DE MAUVAIS DANS MON AVENIR?
MAIS JE N'EN SAIS RIEN, MOI!
RÉPONDS, OU JE TE FAIS OUVRIR POUR LIRE DANS TES PROPRES ENTRAILLES!
NON! NON! VOUS MONTEREZ EN GRADE!
ALORS ON L'EMBARQUE.
24B

ON NE VA PAS LES LAISSER CHEZ NOUS, ASTÉRIX! ON Y VA TOUS LES TROIS ET ON LES JETTE DEHORS!
NON! NOUS ALLONS LEUR DONNER UNE LEÇON: AUX ROMAINS, AU DEVIN, ET MÊME À CEUX DU VILLAGE!
N'AIE PAS PEUR, OBÉLIX. NOUS FERONS ENCORE UN BANQUET DANS LE VILLAGE! SOUVIENS-TOI DE CE QUE JE TE DIS!
EH BIEN, LES ENFANTS? ON CHASSE LE SANGLIER?
?
PANORAMIX, NOTRE DRUIDE!
REGARDEZ, PETITS! J'AI GAGNÉ LA MARMITE D'OR DU MEILLEUR DRUIDE AU COURS DE NOTRE RÉUNION ANNUELLE DE LA FORÊT DES CARNUTES!
25A
UNE RÉUNION TRÈS INTÉRESSANTE, D'AILLEURS. LE DRUIDE INFORMATIX NOUS A DIT DES CHOSES PASSIONNANTES SUR L'AVENIR DE LA PROFESSION...
MAIS QUELQUE CHOSE NE VA PAS, LES ENFANTS?
JE VAIS T'EXPLIQUER, Ô DRUIDE...
PEU APRÈS...
HMM... AIR NAUSÉABOND, EH? QUI FAIT PERDRE AUX VISAGES LES COULEURS DE LA VIE, EH?...
J'AI RAPPORTÉ QUELQUES PETITS INGRÉDIENTS AMUSANTS... DESCENDEZ-MOI CETTE BELLE MARMITE...
PARFAIT, PARFAIT... LE VENT VA BIENTÔT TOURNER... IL N'Y A PAS UN INSTANT À PERDRE.
25B

UN DEVIN, ÇA POURRAIT NOUS ÊTRE UTILE ...
OUI, MAIS LES ORDRES SONT LES ORDRES, QUE JE DIS. ET IL FAUDRAIT MOYEN DE L'EMBARQUER SI C'EN EST UN.
MAIS ENFIN, J'AVAIS PRÉDIT QUE L'AIR SERAIT NAUSÉABOND DANS LE VILLAGE ... EST-CE QUE ÇA SENT MAUVAIS, ICI ?
PENDANT CE TEMPS...
ON POURRA Y GOÛTER ?
NON, OBÉLIX ! NON !
ATTENTION LES ENFANTS ! NE RESTONS PAS SOUS LE VENT !
PSSCHCHCHI
NON! OBÉLIX, NON!
SNIFF! SNIFF! SNIFF!
TU VOIS, ASTÉRIX, NOUS NE FAISONS JAMAIS DE JEUX DE MOTS, MAIS SI J'OSAIS, JE DIRAIS QUE VOILÀ LA POLLUTION À TOUS NOS PROBLÈMES !

TARANIS, DIEU DU TONNERRE ET DES TEMPÊTES, SE FAIT DOUX, POUR AIDER D'UN SOUFFLE À RÉPANDRE UN AIR AU FUMET ENCORE INHABITUEL, VERS 50 AVANT J. C. ...
BEEEURK!
DITES, VOUS NE TROUVEZ PAS QU'IL Y A UNE DRÔLE D'ODEUR, TOUT D'UN COUP?
SNIFF! SNIFF!
UNE DRÔLE D'ODEUR?...
OUI, UNE DRÔLE D'ODEUR.
HMM... ÇA ME RAPPELLE UN PEU LE QUARTIER OÙ EST-CE QUE C'EST QUE J'HABITE, À ROME.
SNIFF! SNIFF!
VOUS HABITEZ PRÈS D'UNE TANNERIE?
OUI! IL A DEVINÉ! C'EST UN DEVIN!
Ô... OOOOOH CENTURION!
L'AIR EST IRRESPIRABLE DANS LE VILLAGE... PESTILENTIEL!
SNIFF! SNIFF!
PES... PESTILENTIEL?
ET C'EST UN ANCIEN QUI VOUS LE DIT! J'EN AI FAIT DES CAMPS ET DES CASERNES, MAIS JE N'AI RIEN RESPIRÉ DE COMPARABLE À CECI!

?!?
PRODIGIEUX ! TU ES PRODIGIEUX ! LES DIEUX T'OBÉISSENT !
MAIS CE N'EST PAS POSSIBLE ! CE N'EST PAS POSSIBLE !
TROMPETTE ! SONNE LE RASSEMBLEMENT ! NOUS ÉVACUONS CE VILLAGE INFERNAL, MAUDIT PAR LES DIEUX !
OH NON ! SI JE SOUFFLE LÀ-DEDANS, ÇA VA MAL SE TERMINER !
TARIIIITARAAAEUUUBEUHHHH !
LA PRÉDICTION S'EST ACCOMPLIE ! C'EST UN VRAI DEVIN !
AH ! QU'EST-CE QUE JE VOUS DISAIS ?

JE SUIS RETOURNÉ AU VILLAGE POUR CHERCHER MA LYRE, QUE J'AVAIS OUBLIÉE, ET J'AI RESPIRÉ L'AIR NAUSÉABOND DES PROFONDEURS INFERNALES! MÊME LES ROMAINS ONT DÛ FUIR!
TU VOIS? TU VOIS? NOUS AURIONS DÛ PARTIR POUR LUTÈCE COMME L'AVAIT DIT LE DEVIN! GROS SANGLIER ABRUTI!
MIMINE... JE NE SUIS PLUS TON COCHONNET?
BON, EH BIEN JE ME PASSERAI DE LYRE.
Ô MATRONE BLEUE Ô MATRONE BLEUE!
TCHOUF!
29A
TU ES FOU? REVIENS!
JE PRÉFÈRE RESPIRER L'AIR NAUSÉABOND PLUTÔT QUE D'ÉCOUTER ÇA!
ET POURQUOI TU CHANTES?
PARCE QUE LE DEVIN M'A DIT QUE MON GENRE DE VOIX SERAIT À LA MODE DANS L'AVENIR, ALORS, JE ME PRÉPARE.
EH BIEN, IL NE NOUS RESTE QU'À ATTENDRE QUE L'AIR FRAIS DISSIPE LA MAUVAISE ODEUR DU VILLAGE, ET NOUS IRONS CHERCHER NOS AMIS...
QUANT AUX ROMAINS, JE VOUS FAIS CONFIANCE; VOUS TROUVEREZ QUELQUE CHOSE.
MOI J'AI TROUVÉ; ON VA CHEZ EUX ET ON CASSE TOUT.
OÙ VAS-TU CHERCHER TOUT ÇA?
OH, JE NE SUIS PAS QU'UN BEAU GRAND GUERRIER ROUX À TRESSES; IL Y EN A LÀ-DEDANS!
29B

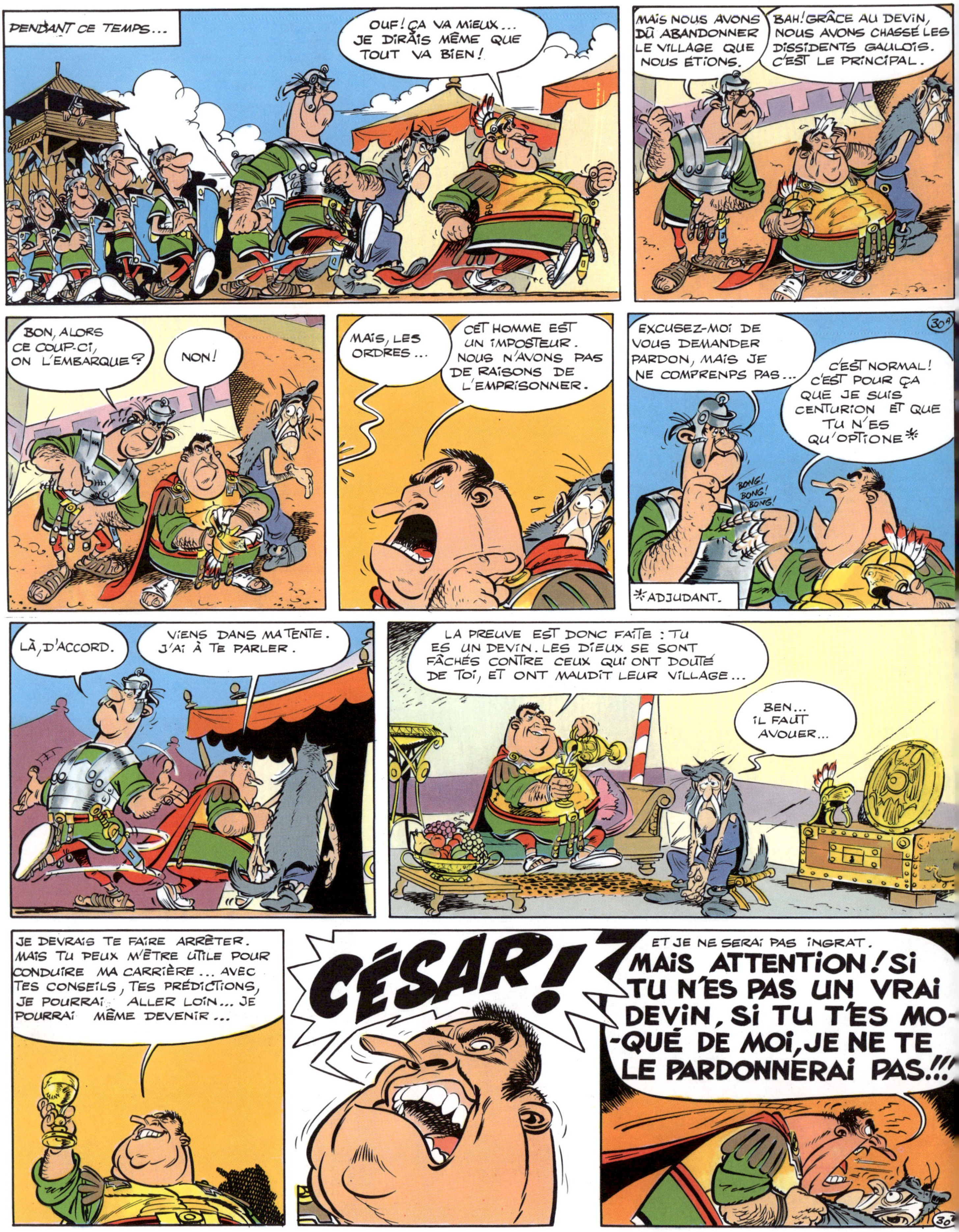

PENDANT CE TEMPS...
OUF! ÇA VA MIEUX... JE DIRAIS MÊME QUE TOUT VA BIEN!
MAIS NOUS AVONS DÛ ABANDONNER LE VILLAGE QUE NOUS ÉTIONS.
BAH! GRÂCE AU DEVIN, NOUS AVONS CHASSÉ LES DISSIDENTS GAULOIS. C'EST LE PRINCIPAL.
BON, ALORS CE COUP-CI, ON L'EMBARQUE?
NON!
MAIS, LES ORDRES...
CET HOMME EST UN IMPOSTEUR. NOUS N'AVONS PAS DE RAISONS DE L'EMPRISONNER.
EXCUSEZ-MOI DE VOUS DEMANDER PARDON, MAIS JE NE COMPRENDS PAS...
C'EST NORMAL! C'EST POUR ÇA QUE JE SUIS CENTURION ET QUE TU N'ES QU'OPTIONE*
BONG! BONG! BONG!
*ADJUDANT.
LÀ, D'ACCORD.
VIENS DANS MA TENTE. J'AI À TE PARLER.
LA PREUVE EST DONC FAITE : TU ES UN DEVIN. LES DIEUX SE SONT FÂCHÉS CONTRE CEUX QUI ONT DOUTÉ DE TOI, ET ONT MAUDIT LEUR VILLAGE...
BEN... IL FAUT AVOUER...
JE DEVRAIS TE FAIRE ARRÊTER. MAIS TU PEUX M'ÊTRE UTILE POUR CONDUIRE MA CARRIÈRE... AVEC TES CONSEILS, TES PRÉDICTIONS, JE POURRAI ALLER LOIN... JE POURRAI MÊME DEVENIR...
CÉSAR!
ET JE NE SERAI PAS INGRAT.
MAIS ATTENTION! SI TU N'ES PAS UN VRAI DEVIN, SI TU T'ES MO-QUÉ DE MOI, JE NE TE LE PARDONNERAI PAS!!!

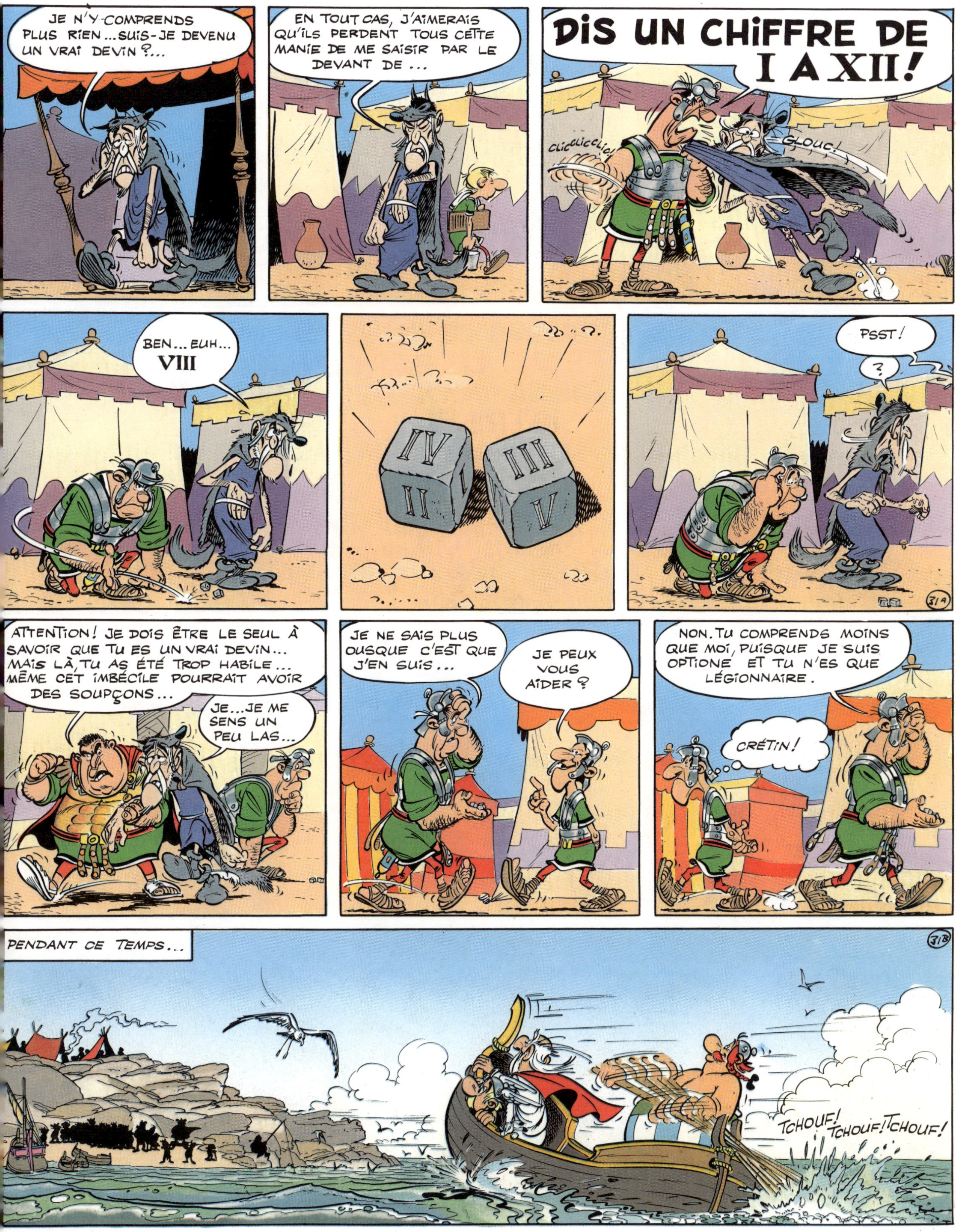

JE N'Y COMPRENDS PLUS RIEN... SUIS-JE DEVENU UN VRAI DEVIN ?...
EN TOUT CAS, J'AIMERAIS QU'ILS PERDENT TOUS CETTE MANIE DE ME SAISIR PAR LE DEVANT DE ...
DIS UN CHIFFRE DE I A XII !
CLICCLICCLIC !
GLOUC !
BEN... EUH... VIII
PSST !
?
ATTENTION ! JE DOIS ÊTRE LE SEUL À SAVOIR QUE TU ES UN VRAI DEVIN... MAIS LÀ, TU AS ÉTÉ TROP HABILE... MÊME CET IMBÉCILE POURRAIT AVOIR DES SOUPÇONS...
JE... JE ME SENS UN PEU LAS...
JE NE SAIS PLUS OUSQUE C'EST QUE J'EN SUIS...
JE PEUX VOUS AIDER ?
NON. TU COMPRENDS MOINS QUE MOI, PUISQUE JE SUIS OPTIONE ET TU N'ES QUE LÉGIONNAIRE.
CRÉTIN !
PENDANT CE TEMPS...
TCHOUF ! TCHOUF ! TCHOUF !

PANORAMIX ! TE VOICI ENFIN !
PEUT-ÊTRE POURRAS-TU APAISER LA COLÈRE DES DIEUX QUI S'EST ABATTUE SUR NOTRE PAUVRE VILLAGE...
SOTTISES ! VOUS AVEZ ÉTÉ VICTIMES DE VOTRE CRÉDULITÉ !
PARDON ! PARDON ! J'AI VU LE VILLAGE ! J'AI HUMÉ L'AIR INFERNAL ! J'AI VU LES ROMAINS TOUT VERTS !
OUAIS ! NOTRE BARDE A UNE VOIX DE SISTRE * ; MAIS IL NE MENT PAS.
* SORTE DE CRÉCELLE MÉTALLIQUE.
TU SAIS CE QU'IL TE DIT LE BARDE DE SA VOIX DE SISTRE ?!
DU CALME. JE VAIS VOUS FAIRE UNE DÉMONSTRA-TION DE LA COLÈRE DES DIEUX.
OBÉLIX ! VIDE CETTE MARMITE ET...
...APPORTE-LA MOI.
VOILÀ !
PEU APRÈS...
TRÈS BIEN. METTEZ-VOUS TOUS PAR LÀ. SOUS LE VENT.

NE BOUGEONS PLUS !
RSSCHCHCH !
PAR TOUTATIS ! C'EST INSUPPORTABLE !
?
ASSEZ, PAR BÉLÉNOS ! ASSEZ !
OOOOH LÀ LÀÀÀÀ !
MAIS QU'EST-CE QUE VOUS AVEZ ?
CHEF ! TU DEVRAIS TE PENCHER UN PEU PLUS SUR NOS PROBLÈMES !
LA VOICI, LA COLÈRE DES DIEUX : UNE MIXTURE DANS UNE MARMITE !
ÇA N'A PAS L'AIR DE TE DÉRANGER TELLEMENT, L'ODEUR.
BEN TU SAIS, AVEC SES POISSONS...
SPLATCH !

JE PENSE QUE TU SAIS CE QUI TE RESTE À FAIRE ?
JE CROIS QUE OUI, PANORAMIX...
CETTE NUIT NOUS RENTRONS AU VILLAGE. DANS LE CALME !
ET CETTE NUIT-LÀ, JUSTEMENT...
JETEZ L'ANCRE !
NE CROIS-TU PAS QU'IL EST DANGEREUX DE MOUILLER ENTRE LA CÔTE GAULOISE ET CETTE ÎLE INCONNUE, CAPITAINE ?
MEUH NON ! NOUS AVONS CONSULTÉ LES ENTRAILLES D'UN MAQUEREAU, ET L'ORACLE EST FORMEL : CE MOUILLAGE EST ABSOLUMENT SANS DANGER POUR LA NUIT.
34A
LE LENDEMAIN MATIN...
C'EST QUAND MÊME TERRIBLE ! NOUS AVONS ÉTÉ TRAVERSÉS PAR UN BANC DE GAULOIS !
GLOU ! GLOU ! GLOU ! GLOU ! GLOU !
JE VOUS P'ÉVIENS : LE P'OCHAIN QUI ÉVENT'E QUOI QUE CE SOIT POU' LI'E DANS LES ENT'AILLES, JE L'ÉT'IPE ! SANS 'I'E !
OH, LAISSE TOMBER TES GRANDS AIRS !
34B

AH ! ÇA FAIT TOUT DE MÊME PLAISIR DE SE RETROUVER CHEZ SOI !
OH, JE CROIS QUE NOUS SERIONS TOUT DE MÊME MIEUX À LUTÈCE, COMME L'AVAIT DIT LE DEVIN.
MAIS PUISQUE CE N'EST PAS UN VRAI DEVIN !
EN ES-TU SÛR ?
J'EN AI PARLÉ À LA FEMME D'AGECANONIX ET À IÉLO-SUBMARINE, ET ELLES NE SONT PAS CONVAINCUES. C'EST POUR ÇA QUE J'AI PENSÉ QU'À LUTÈCE...
PANORAMIX, LES FEMMES NE SONT PAS CONVAINCUES QU'IL S'AGIT D'UN IMPOSTEUR...
PARDI ! LE CHARLATAN NE LEUR A PRÉDIT QUE DES CHOSES AGRÉABLES : QUE LEUR MARI DEVIENDRAIT BEAU ET INTELLIGENT, PAR EXEMPLE...
ET SI ON FAISAIT UNE SURPRISE AU DEVIN ?
ASTÉRIX, JE SUIS FIER DE TOI ! FAIRE UNE SURPRISE À UN DEVIN, C'EST PROUVER QU'IL S'AGIT D'UN FAUX DEVIN !
PARCE QUE MOI, J'AI BESOIN DE DEVENIR BEAU ET INTELLIGENT ?
ORGANISE NOTRE PETITE SURPRISE, ASTÉRIX ! MOI, JE VAIS PRÉPARER DE LA POTION MAGIQUE !
PEU APRÈS...
ALORS, NOUS SOMMES D'ACCORD ? SI LE DEVIN NE DEVINE PAS CE QUI L'ATTEND, VOUS SEREZ CONVAINCUS QUE CE N'EST PAS UN VRAI DEVIN ?

LES FEMMES AUSSI ?
LES FEMMES... SURTOUT !
C'EST MA PREMIÈRE SURPRISE - PARTIE !
JE N'AI JAMAIS GOÛTÉ À TA FAMEUSE POTION MAGIQUE ...
OUI ... PAS MAL ... MOI, J'AURAIS MIS UN PEU PLUS DE SEL ...
ET C'EST VRAIMENT EFFICACE ?
ESSAIE.
PAF !
CLOC ?
JE - SUIS - CONTRE - L'ÉGALITÉ - DE - LA - FEMME - ET - DE - L'HOMME !
POF ! POF ! POF !
ON Y VA ! TOUS AU CAMP DE PETIBONUM !
ET SOUHAITONS QUE LES DIEUX NE PROTÈGENT PAS PROLIX LE DEVIN !

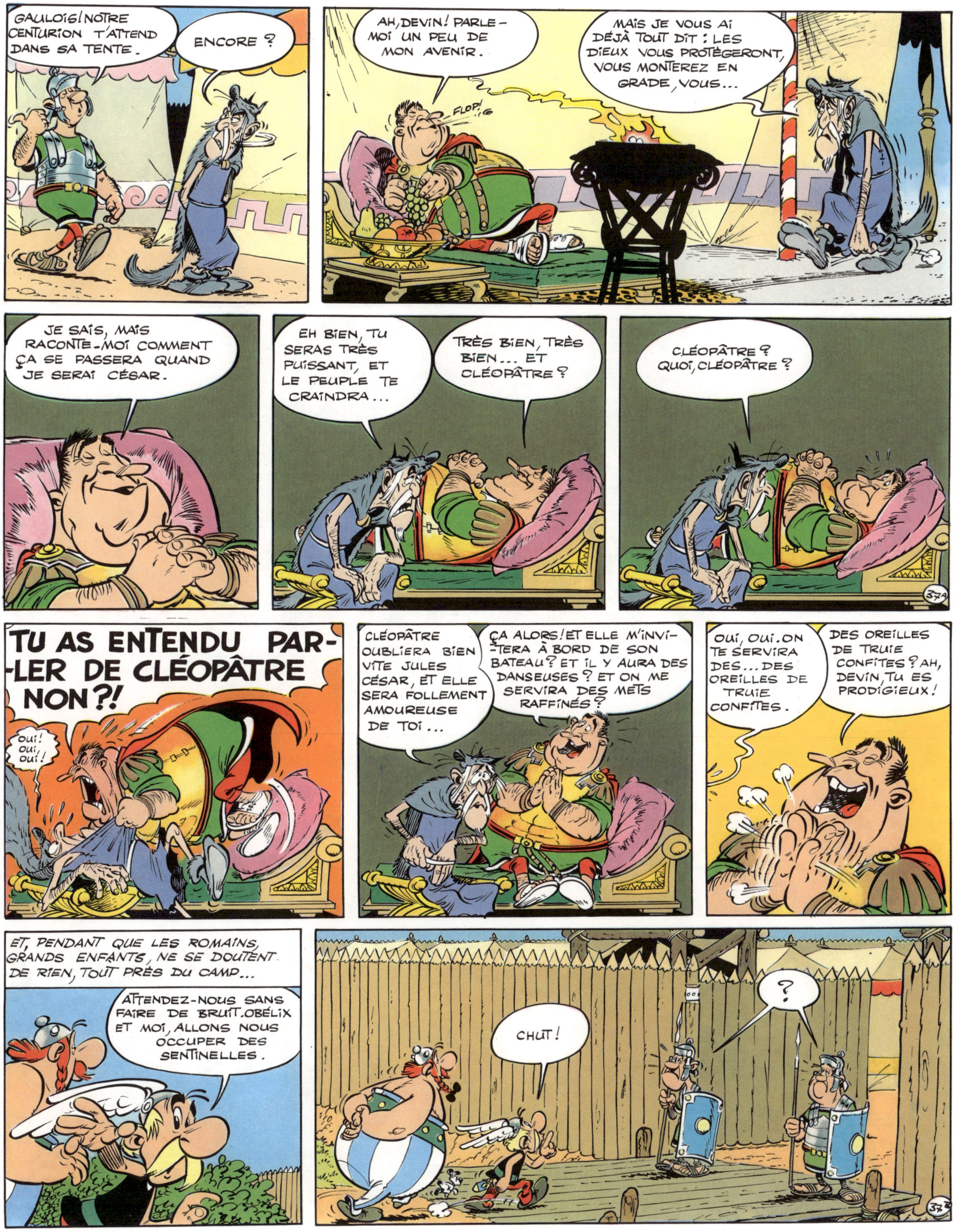
GAULOIS! NOTRE CENTURION T'ATTEND DANS SA TENTE.
ENCORE ?
AH, DEVIN! PARLE-MOI UN PEU DE MON AVENIR.
FLOP!
MAIS JE VOUS AI DÉJÀ TOUT DIT : LES DIEUX VOUS PROTÉGERONT, VOUS MONTEREZ EN GRADE, VOUS...
JE SAIS, MAIS RACONTE-MOI COMMENT ÇA SE PASSERA QUAND JE SERAI CÉSAR.
EH BIEN, TU SERAS TRÈS PUISSANT, ET LE PEUPLE TE CRAINDRA...
TRÈS BIEN, TRÈS BIEN... ET CLÉOPÂTRE ?
CLÉOPÂTRE ? QUOI, CLÉOPÂTRE ?
TU AS ENTENDU PARLER DE CLÉOPÂTRE NON ?!
OUI! OUI! OUI!
CLÉOPÂTRE OUBLIERA BIEN VITE JULES CÉSAR, ET ELLE SERA FOLLEMENT AMOUREUSE DE TOI...
ÇA ALORS! ET ELLE M'INVITERA À BORD DE SON BATEAU? ET IL Y AURA DES DANSEUSES? ET ON ME SERVIRA DES METS RAFFINÉS?
OUI, OUI. ON TE SERVIRA DES... DES OREILLES DE TRUIE CONFITES.
DES OREILLES DE TRUIE CONFITES? AH, DEVIN, TU ES PRODIGIEUX!
ET, PENDANT QUE LES ROMAINS, GRANDS ENFANTS, NE SE DOUTENT DE RIEN, TOUT PRÈS DU CAMP...
ATTENDEZ-NOUS SANS FAIRE DE BRUIT. OBÉLIX ET MOI, ALLONS NOUS OCCUPER DES SENTINELLES.
CHUT!
?

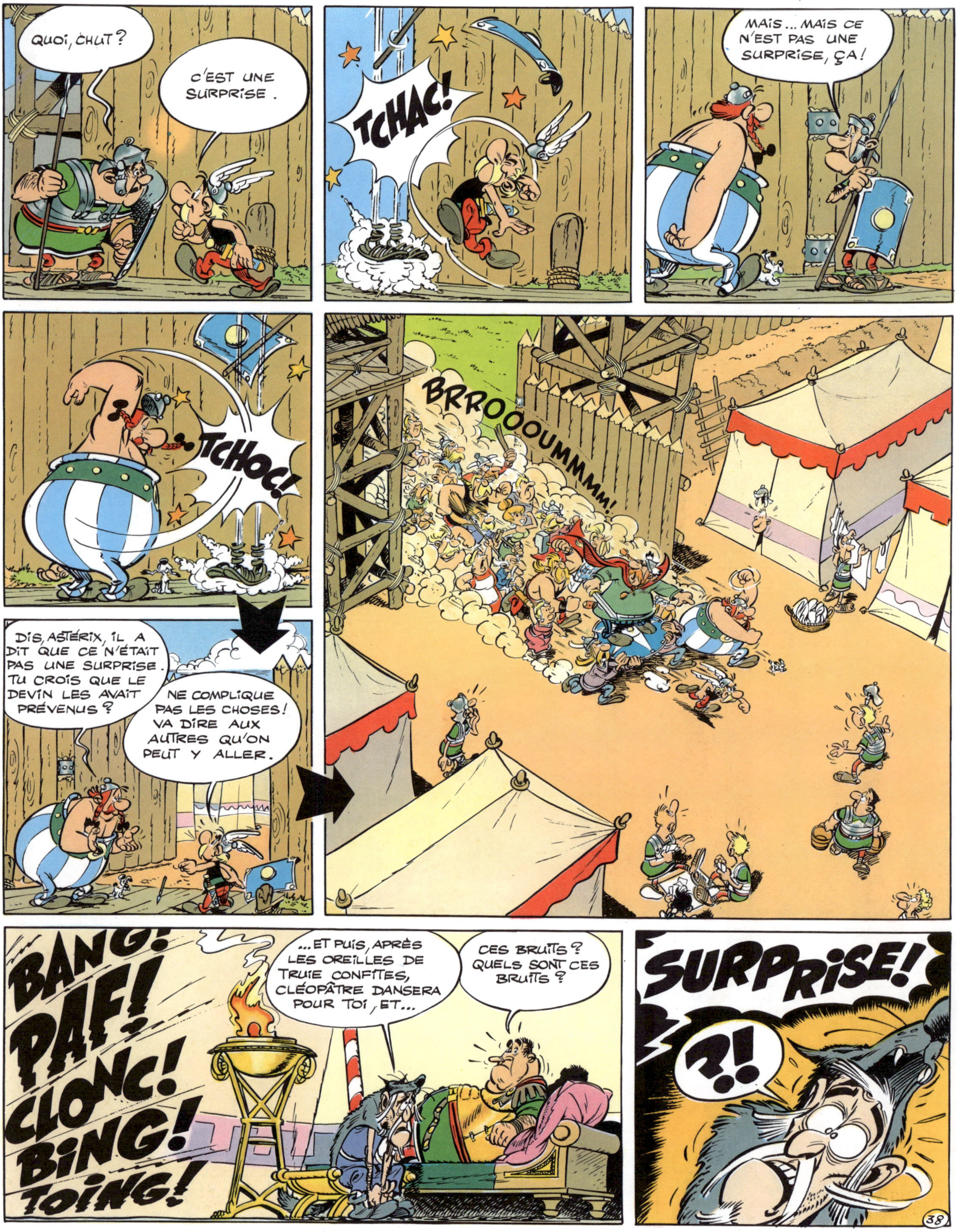
QUOI, CHUT ?
C'EST UNE SURPRISE .
TCHAC!
MAIS ... MAIS CE N'EST PAS UNE SURPRISE, ÇA !
TCHOC!
BRROOOOUMMMM!
DIS, ASTÉRIX, IL A DIT QUE CE N'ÉTAIT PAS UNE SURPRISE . TU CROIS QUE LE DEVIN LES AVAIT PRÉVENUS ?
NE COMPLIQUE PAS LES CHOSES ! VA DIRE AUX AUTRES QU'ON PEUT Y ALLER .
BANG! PAF! CLONC! BING! TOING!
...ET PUIS, APRÈS LES OREILLES DE TRUIE CONFITES, CLÉOPÂTRE DANSERA POUR TOI , ET...
CES BRUITS ? QUELS SONT CES BRUITS ?
SURPRISE!
?!
38

LES GAULOIS!!!
LES GAULOIS DANS LE CAMP ET TU NE M'AVAIS PAS PRÉVENU ?!!
MAIS JE NE POUVAIS PAS LE DEVINER...
LAISSEZ-LE-MOI.
?
TU NE POUVAIS PAS DEVINER ? ALORS LUTÈCE, COCHONNET ASSOCIÉ DE MON FRÈRE, TOUT ÇA C'ÉTAIT DES BLAGUES ?
BRAVO MADAME!
PAFF!
39A
PAFF!
À L'ATTAQUE!
C'ÉTAIT MIMINE ÇA!
ZZWWIP!
LES FEMMES N'ONT PAS LE DROIT D'ENTRER DANS LE CAMP! LES FEMMES N'ONT PAS LE DROIT D'ENTRER DANS LE CAMP!
MAIS ENFIN, MADAME! QUE ME VOULEZ-VOUS ?
39B

VOUS ... VOUS ÊTES FORMIDABLE... NOUS AVONS DES TAS DE CHOSES EN COMMUN ...
TOC!
PAF!
ALLONS, ALLONS, OBÉLIX ! CE N'EST PAS LE MOMENT DE PLAUTER*
*ALLUSION À PLAUTE, POÈTE COMIQUE LATIN, MARIVAUX DE SON ÉPOQUE.
NOUS POUVONS RENTRER CHEZ NOUS. JE PENSE QUE C'EST RÉUSSI NOTRE PETITE DÉMONSTRATION.
AH? PARCE QUE CE N'ÉTAIT QU'UNE PETITE DÉMONSTRATION?
TU AVAIS RAISON, ASTÉRIX, CE FAUX DEVIN A PROFITÉ DE NOTRE CRÉDULITÉ. MAIS ÇA N'ARRIVERA PLUS.
ÇA FAIT GROSSIR, LA POTION MAGIQUE?
!?

QUI ES-TU ROMAIN ? QUE FAIS-TU DANS MON VILLAGE ?
BEN ... EUH ... C'EST À DIRE ...
ÇA VA, ÇA VA ! ASSEZ DE ROMAINS POUR AUJOURD'HUI. CHASSEZ-MOI CES DEUX-LÀ !
AH, TU NE POUVAIS PAS DEVINER ! AH, TU N'ES PAS UN VRAI DEVIN ! AH, TU T'ES MOQUÉ DE MOI !
ON NE VOUS DÉRANGE PAS ?
?
BONG !
QUI ÊTES-VOUS ?
CLAUDIUS BLOCUS, ENVOYÉ SPÉCIAL DE JULES CÉSAR. VOILÀ QUI JE SUIS.
CENTURION, TU AVAIS ENVOYÉ UN MESSAGE À ROME POUR DIRE QUE TOUTE LA GAULE ÉTAIT OCCUPÉE. TOUTE ? TOUTE !
LE MESSAGER ! JE L'AVAIS OUBLIÉ CELUI-LÀ !
EH BIEN, JULES CÉSAR M'A DEMANDÉ DE VÉRIFIER TES DIRES, DE VOIR SI TU AVAIS VRAIMENT VAINCU CES GAULOIS DISSIDENTS ...
PAF !
PAR JUPITER ! QU'EST-CE QU'ILS NOUS ONT MIS, TES VAINCUS !

CE N'EST PAS MA FAUTE ; C'EST CE FAUX DEVIN QUI ...
SILENCE ! TU ES DÉGRADÉ !
TU N'ES PLUS CENTURION, ET TU N'ES PLUS QUE LÉGIONNAIRE, ET JE SUIS ENCORE TROP BON !
AH, JE VAIS MONTER EN GRADE ! OPTIONE ! ARRÊTE CET IMPOSTEUR !
SI C'EST QUE C'EST PAS UN DEVIN, J'AI PAS AUCUNE RAISON DE L'ARRÊTER.
C'EST À DIRE QUE C'EST UN DEVIN ! MAIS SI, MAIS SI ! UN VRAI GRAND DEVIN GAULOIS PROTÉGÉ PAR LES DIEUX, ET...
JE N'AI PAS D'ORDRES À RE-CEVOIR D'UN LÉGIONNAIRE TU VAS REMETTRE LE CAMP EN ORDRE ! TOUT SEUL ! ET GARE À TOI SI J'ENTENDRAI DES MURMURES !
ET CAUSE CORRECT À UN SUPÉRIEUR !
ET... EUH... ET QU'ALLEZ-VOUS FAIRE DE MOI ?
DEHORS ! PAS DE CIVILS DANS L'ENCEINTE À L'INTÉRIEUR DU CAMP !

JE NE SAIS PAS DE QUOI DEMAIN SERA FAIT, MAIS J'EN AI TERMINÉ AVEC LE MÉTIER DE DEVIN!...
ET SI UN JOUR JE CHANGE D'AVIS, QUE TARANIS FASSE TOMBER LE CIEL SUR MA TÊTE!
BRAOUM!
MAIS LA COLÈRE DE TARANIS EST DE COURTE DURÉE...
...ET BIENTÔT, TOUTATIS FAIT BRILLER LE SOLEIL SUR LE VILLAGE APAISÉ.
EH BIEN, MON OBÉLIX, JE NE SAIS PAS CE QUE T'AVAIT PRÉDIT CE DEVIN, MAIS JE SUIS SÛR QUE TU SERAS TRÈS HEUREUX.
TU N'ES PAS DEVIN, ASTÉRIX.
NON? JE T'AVAIS POUR-TANT DIT QUE NOUS REFERIONS UN BANQUET DANS NOTRE VILLAGE... EH BIEN, IL Y EN AURA UN CE SOIR!
ÇA C'EST VRAI! TU L'AVAIS PRÉDIT!

ET IL Y AURA DES SANGLIERS ?
PLEIN ! JE LES VOIS D'ICI !
?
ASTÉRIX !
?
BIEN SÛR, JE NE CROIS PAS À TOUTES CES SOTTISES, MAIS... TU CROIS QUE NOUS IRONS À LUTÈCE AVEC COCH... AVEC ABRARACOURCIX ?...
INCORRIGIBLES ! ILS SONT INCORRIGIBLES, ASTÉRIX !
44A
MAIS, LE SOIR VENU, TOUT CELA EST OUBLIÉ. SOUS LES ÉTOILES ET SOUS LA PROTECTION DE TOUTATIS, DIEU DE LA TRIBU, DE ROSMERTA, LA PROVI--DENCE, ET DE CERNUNNOS, DIEU DE LA NATURE, LES GAULOIS RÉUNIS SE RÉJOUISSENT DU PRÉSENT, SANS PENSER À L'AVENIR.
Fin DE L'ÉPISODE
UDERZO & GOSCINNY
8.72
44B

GOSCINNY ET UDERZO
PRÉSENTENT
UNE AVENTURE D'ASTÉRIX

ASTÉRIX EN CORSE

Texte de **René GOSCINNY** Dessins d'**Albert UDERZO**

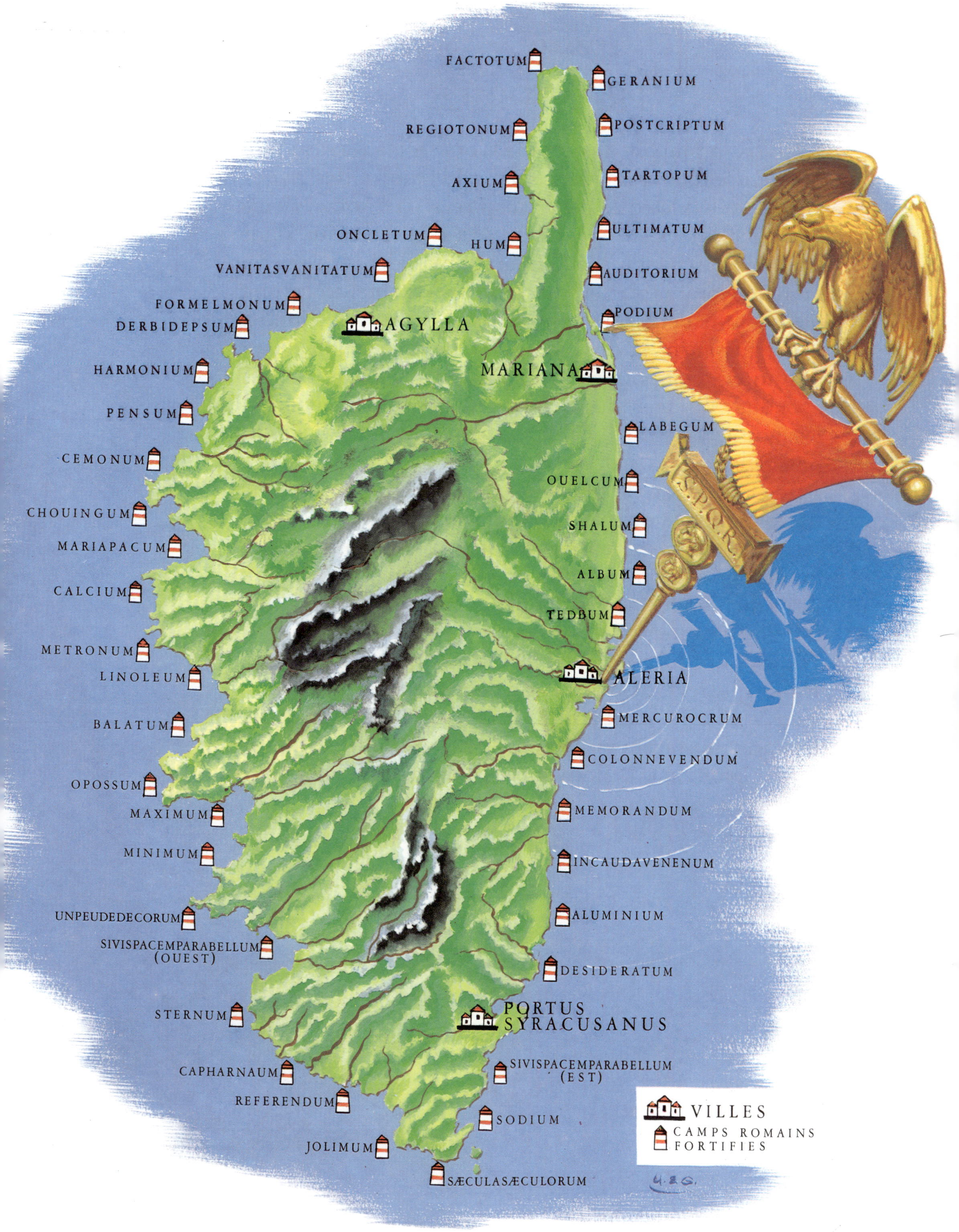
FACTOTUM
GERANIUM
REGIOTONUM
POSTCRIPTUM
AXIUM
TARTOPUM
ONCLETUM
HUM
ULTIMATUM
VANITASVANITATUM
AUDITORIUM
FORMELMONUM
DERBIDEPSUM
AGYLLA
PODIUM
HARMONIUM
MARIANA
PENSUM
LABEGUM
CEMONUM
OUELCUM
CHOUINGUM
SHALUM
S.P.Q.R.
MARIAPACUM
ALBUM
CALCIUM
TEDBUM
METRONUM
LINOLEUM
ALERIA
BALATUM
MERCUROCRUM
COLONNEVENDUM
OPOSSUM
MAXIMUM
MEMORANDUM
MINIMUM
INCAUDAVENENUM
UNPEUDEDECORUM
ALUMINIUM
SIVISPACEMPARABELLUM (OUEST)
DESIDERATUM
STERNUM
PORTUS SYRACUSANUS
CAPHARNAUM
SIVISPACEMPARABELLUM (EST)
REFERENDUM
SODIUM
VILLES
CAMPS ROMAINS FORTIFIES
JOLIMUM
SÆCULASÆCULORUM

PREAMBULE

POUR la plupart des gens, la Corse est la terre natale d'un empereur qui a laissé dans l'Histoire des pages aussi indélébiles que celles inspirées par notre vieux complice Jules César. C'est aussi le berceau d'un chanteur de charme à la longue et prestigieuse carrière, dont les refrains où il est question de Marinella et d'une belle Catarineta, tchi, tchi, ont fait le tour du monde. C'est aussi le pays de la vendetta, de la sieste, des jeux politiques compliqués, des fromages vigoureux, des cochons sauvages, des châtaignes, des succulents merles moqueurs et des vieillards sans âge qui regardent passer la vie.

Mais la Corse,c'est plus que tout cela. Elle fait partie de ces endroits privilégiés du globe qui ont un caractère, une forte personnalité que, ni le temps ni les hommes n'arrivent à entamer. C'est un des plus beaux pays du monde, qui justifie pleinement son appellation d'île de Beauté.

Mais pourquoi ce préambule, nous demanderez-vous. Parce que les Corses, que l'on décrit comme individualistes - alliant l'exubérance à la maîtrise de soi - nonchalants, hospitaliers, loyaux, fidèles en amitié, attachés à leur pays natal, éloquents et courageux, sont, eux aussi, plus que tout cela.

Ils sont susceptibles.

Les Auteurs

ATTENTION ! VOILÀ LA PATROUILLE ROMAINE !
PAR TOUTATIS ! PAR BÉLÉNOS !
PAR ZUPITER ! LES GAULOIS ! ALEA ZACTA EFT !
BANG !
OUAH !
ILS SONT FOUS CES ROMAINS ! ILS SONT FOUS CES ROMAINS !
OUAH !
F'EST AFFEZ ! POURQUOI F'EST TOUZOURS NOUS LES ROMAINS ?
ON A TIRÉ AU SORT ! T'ES UN TRICHEUR, COMME TON PAPA QUI VEND DES POISSONS POURRIS !
IL VEND DES POIFFONS POURRIS, MON PAPA ?
TCHONCK !
PAF !
PIF !
ALLEZ JOUER AILLEURS, LES ENFANTS !
TCHAC !

ZE LE DIRAI À MON PAPA, ET GARE À TES FEFFES !
FAUT-IL METTRE UN COUVERT POUR ASSURANCETOURIX, NOTRE BARDE ?
OUI, LE JOUR ANNIVERSAIRE DE GERGOVIE, TOUT LE MONDE PARTICIPE AU BANQUET. MÊME LE BARDE.
N'OUBLIEZ PAS QUE CET ANNIVERSAIRE N'EST PAS COMME LES AUTRES ! NOUS AVONS INVITÉ DES AMIS QUI SE SONT ILLUSTRÉS DANS LA LUTTE CONTRE LES ROMAINS ! JE VEUX QUE TOUT SOIT IMPECCABLE POUR LES RECEVOIR, À COMMENCER PAR VOUS !
C'EST COMPRIS, VOUS DEUX ?
C'EST SON PETIT VOYOU QUI A DIT À MON GOSSE QUE JE VENDAIS DES POISS...
QUI EST UN PETIT VOYOU ?!
ASSEZ !
JE VEUX QUE TOUT SOIT PROPRE ! REGARDEZ ! MÊME CE BOUCLIER EST SALE ! NON MAIS REGARDEZ !
MAINTENANT ?
C'EST PAS SI SALE...
JE NE VOIS RIEN...
IL Y A DES FOIS OÙ JE ME SENS FATIGUÉ... MAIS FATIGUÉ !...

LE CAMP FORTIFIÉ ROMAIN DE BABAORUM...
BON ! TOUT LE MONDE EST PRÊT ?
IL N'EST QUE TEMPS ! ALORS, EN AVANT MARCHE, ET EN SILENCE, JE VOUS PRIE.
?
CAMARADE, JE SUIS EN MISSION, NOUS VENONS DE LOIN ET JE TE DEMANDE L'HOSPITALITÉ POUR LA NUIT, AVANT DE CONTINUER NOTRE VOYAGE.
C'EST QUE... NOUS ALLIONS SORTIR, JUSTEMENT.
BONG !
SORTIR ? OÙ ÇA ? QUI ÇA ?
BEN... NOUS SORTONS TOUS. NOUS ALLONS FAIRE DES MA-NOEUVRES DANS L'ARRIÈRE-PAYS.
ET LE CAMP RESTE DÉSERT ? ABANDONNÉ ?
BEN OUI...
ON Y VA, CENTURION ?
QU'EST-CE QU'ON ATTEND PAR JUPITER ?
IL SE FAIT TARD !
BON, EH BIEN JE REGRETTE. LA PROCHAINE FOIS, PRÉVENEZ À L'AVANCE. AVE. ON Y VA.
PERSONNE NE VA NULLE PART !
JE SUIS EN MISSION SPÉCIALE, ENVOYÉ PAR LE PRÉTEUR SUELBURNUS, GOUVERNEUR DE LA CORSE, ET J'EXIGE UNE EXPLICATION POUR CETTE HÂTE SUSPECTE !
DITES, CENTURION GAZPACHOANDALUS, SI ÇA NE VOUS FAIT RIEN, ON PART DEVANT ET VOUS NOUS REJOIGNEZ. ÇA VA ?
AH NON, AH NON ! ÇA NE VA PAS DU TOUT !

VIENS DANS MA TENTE... VOUS AUTRES, NE PARTEZ PAS SANS MOI. ÇA NE SERA PAS LONG.
?
AUJOURD'HUI, C'EST L'ANNI-VERSAIRE DE LA BATAILLE DE GERGOVIE. POUR FÊTER ÇA, LES HABITANTS DU VILLAGE GAULOIS VOISIN ONT L'HABITUDE D'ATTAQUER LES GARNISONS ROMAINES QUI LES ENTOURENT.
ET TU NE FAIS RIEN POUR LES DÉCOURAGER ?
MAIS SI, JUSTEMENT! POUR LES DÉCOURAGER, NOUS ABANDONNONS NOS CAMPS ET NOUS PARTONS EN MANŒUVRES!
VOUS AVEZ FINI, CENTURION GAZPACHOANDALUS? PARCE QUE LES CAMARADES S'IMPATIENTENT, ET...
ILS SONT DONC SI TERRIBLES QUE ÇA, LES GAULOIS ?
EH BIEN TANT PIS! JE DOIS ASSURER LE TRANSPORT D'UN EXILÉ CORSE. IL PASSERA LA NUIT DANS CE CAMP! TOI ET TA GARNISON ÊTES RESPONSABLES DE CET INDIVIDU DEVANT CÉSAR! JE REVIENDRAI LE CHERCHER DEMAIN!
DEMAIN ? ET OÙ VAS-TU AUJOURD'HUI ?
ASSISTER AUX MANOEUVRES, TIENS!
MAIS... MAIS TU NE PEUX PAS NOUS FAIRE ÇA! LES GAULOIS VONT NOUS MASSACRER!... ET S'ILS VOIENT EN PLUS QUE NOUS DÉTENONS UN PRISONNIER, ILS ...
AMENEZ L'EXILÉ!
AVE, CAMARADE! ET SOUVIENS-TOI! TU ES RESPONSABLE DEVANT CÉSAR!

LES PREMIERS INVITÉS ARRIVENT DANS LE PETIT VILLAGE GAULOIS...
PETISUIX!
JE VOUS AI APPORTÉ UN FROMAGE HELVÈTE.
SOUPALOGNON Y CROUTON!
OLÉ, HOMMES! OLÉ!
IDÉFIX!
PLAINTCONTRIX! TU ES VENU EXPRÈS DE ROME!
J'AVAIS ENVIE D'ENTENDRE LE SON DE TA VOIX!
JOLITORAX! ZEBIGBOS! O'TORINOLARINGOLOGIX! MAC ANOTÉRAPIX! RELAX!
JE DIS! N'EST-IL PAS SIMPLEMENT MERVEILLEUX DE NOUS RENCONTRER À NOUVEAU, COUSIN ASTÉRIX?
BEAUFIX, DE LUGDUNUM! LABELDECADIX, DE MASSILIA! CHANGÉLEDIX, DE GÉSOCRIBATE!
ALAMBIX L'ARVERNE!
CHALUT! JE CHUIS CHINCHÈREMENT RAVI DE TE REVOIR!
MAJÉTTE! CHA CH'EST UN BEAU TICHU, CHA!
OH, VOUS SAVEZ, C'EST DE LA SOIE DE CHEZ NOUS, DE LUGDUNUM.
DE LA CHOIE! VOUS EN AVEZ DE LA CHANCHE!
HOMME! JE FAIS TOUTE MA CUISINE À L'HUILE D'OLIVE!
VOUS NE DITES PAS? MOI, J'UTILISE DE LA BOUILLANTE EAU. JE TROUVE QUE ÇA DONNE UN EXQUIS GOÛT À TOUT.
QU'EST-CE QU'ON LEUR A MIS À CES FADAS DE ROMAINGS!
HAHAHAHA!
ET QUAND VOUS VOUS ÊTES CACHÉS DANS UN COFFRE DE LA BANQUE À GENEVA?

ALLEZ VOIR OÙ EN SONT LES ROMAINS, LES ENFANTS. J'AIMERAIS BIEN OFFRIR UNE PETITE BAGARRE À NOS INVITÉS.
OH, EN GÉNÉRAL, POUR L'ANNIVERSAIRE DE GERGOVIE, ILS SE CACHENT.
ALORS QU'ILS PEUVENT FÊTER ÇA AVEC NOUS! ILS SONT FOUS, CES ROMAINS!
TOC! TOC! TOC!
COMMENÇONS PAR LE CAMP DE LAUDANUM!
VIENS, IDÉFIX! TU LE RETROUVERAS TON PÉPÉ!
LE CAMP DE LAUDANUM...
Y A QUELQU'UN?
LE CAMP D'AQUARIUM...
DÉSERT...
COMMENT LES ROMAINS PEUVENT-ILS ESPÉRER DEVENIR NOS COPAINS, S'ILS S'EN VONT LE JOUR OÙ ON VEUT LEUR TAPER DESSUS?
PEU APRÈS...
LE CAMP DE PETIBONUM ÉTAIT VIDE AUSSI.
ESSAYONS BABAORUM. S'IL N'Y A PERSONNE, ON JOUERA AUX CHARADES AVEC NOS INVITÉS.
ÉCOUTE!
ALORS, CENTURION, CE TYPE ARRIVE, IL NOUS LAISSE SES COCHONNERIES, IL NOUS ABANDONNE POUR NOUS FAIRE MASSACRER, ET VOUS ÊTES D'ACCORD?
VOUS SAVEZ BIEN QUE NOUS N'AVONS PAS LE CHOIX!
ÉCOUTEZ, CENTURION, J'AI UNE IDÉE: VOUS RESTEZ ICI POUR GARDER LE PRISONNIER; NOUS, ON VA REJOINDRE LES COPAINS, ET SI VOUS ÊTES ATTAQUÉ...
SILENCE! ON RESTE TOUS!
ILS SONT LÀ! ÇA C'EST DES TYPES BIEN! QU'EST-CE QU'ON VA LEUR METTRE, ILS NE REGRETTERONT PAS D'ÊTRE RESTÉS!
TU VAS ME PROMETTRE DE LAISSER DES ROMAINS POUR LES INVITÉS! ET LES PLUS BEAUX!
OUI, MAIS TU SAIS, LES ROMAINS C'EST COMME LES HUÎTRES : LES PETITS SONT SOUVENT LES MEILLEURS!

BABAORUM? FORMIDABLE! JE VAIS ANNONCER ÇA À NOS INVITÉS!
IDÉFIX! ICI!
MES AMIS! VOUS ÊTES EN TRAIN DE BOIRE LA POTION MAGIQUE DE NOTRE DRUIDE PANORAMIX!...
BRAVO!
BON POUR LA PANORAMIX' POTION!
EH BIEN, VOUS POURREZ EN CONSTATER LES EFFETS! POUR FÊTER L'ANNIVERSAIRE DE GERGOVIE, NOUS ALLONS ATTAQUER LE CAMP ROMAIN DE BABAORUM AVANT LE DÎNER! ÇA NOUS OUVRIRA L'APPÉTIT!
OUAIS!
BRAVO!
CHA CH'EST CAUJÉ!
7A
VÉ! C'EST UN PEU BIENG ORGANISÉ, CETTE FAÎTE!
CHETTE QUOI?
CETTE FAÎTE! EFFEU-Ê TÉ-EU. CETTE FAÎTE.
AH! CHETTE FÊTE!
VOUAYE. CETTE SÔTERIE SI VOUS PRÉFÉREZ.
NE RENTREZ PAS TROP TARD; LES ROMAINS ÇA PEUT ATTENDRE, LES SANGLIERS, NON.
VOUS AIMEZ LES HUÎTRES? PARCE QUE LES HUÎTRES, PLUS C'EST PETIT, PLUS C'EST BON!
?
7B

VEILLÉE D'ARMES DANS LE CAMP ROMAIN DE BABAORUM...
...ET IL Y AURA LE GROS MONSTRE ET LE PETIT TEIGNEUX, TOUS GAVÉS DE POTION MAGIQUE... ET QUAND ILS VERRONT QUE NOUS AVONS UN PRISONNIER, EN PLUS, ILS VONT SE METTRE EN COLÈRE...
CLACLACLACLACLACLACLACLACLACLACLAC
CLACLACLACLACLACLACLACLACLAC
AH NON! PAR JUPITER, C'EST TROP BÊTE!
CLAC! CLAC! CLAC!
ÉCOUTE, JE VAIS TE DÉBARRASSER DE TES CHAÎNES...
SI ON TE RATTRAPE, IL FAUT QUE TU ME PROMETTES DE DIRE QUE TU T'ES ÉVADÉ TOUT SEUL... NE ME DEMANDE PAS POURQUOI JE FAIS ÇA!...
CLIC!
8A
PARS! TU ES LIBRE!
J'AI DIT: PARS! TU ES LIBRE.
HÉ! HO! PARS! TU ES LIBRE!
APRÈS LA SIESTE.
COMMENT APRÈS LA SIESTE?!
IL EST TARD, ROMAIN. SI JE FAIS PAS LA SIESTE MAINTENANT, JE N'AURAI PAS LE TEMPS DE LA FAIRE AVANT DE DORMIR. ALORS, TU ME LAISSES TRANQUILLE, OU JE M'ÉNERVE.
MAIS TU VAS PARTIR, DIS?!
ILS ARRIVENT, CENTURION GAZPACHO-ANDALUS. ET AVEC LES COPAINS, ON NE VOUDRAIT PAS QUE VOUS RATIEZ LE DÉBUT.
8B

JOYEUX ANNIVERSAIRE!!!
VRRRAOUM!
OLÉ! OLÉ, HOMME!
VOUS NE TROUVEZ PAS, VOUS ÔSSI, QU'ELLE EST BIENG ORGANISÉE CETTE FAÎTE?
CETTE QUOI?
CHETTE CHÔTERIE.
BANG! BANG! BANG!
PAF!
JE DIS, CETTE MAGIQUE POTION EST SI SURPRE-NANTE, N'EST-IL PAS?
OH OUI, RÉELLEMENT, MAIS UN PETIT MOR-CEAU TROP ÉPICÉE AUSSI LOIN QUE JE SUIS CONCERNÉ, QUOI?
POTOPOTOPOTO!
DZING!
TONC!
VOUS N'EN VOULEZ PAS DE CELUI-CI, N'EST-CE PAS? IL EST UN PEU GRAS.
OBÉLIX! TU M'AVAIS PROMIS!
LAISSEZ, LAISSEZ, ASTÉRIX! LES ROMAINS, QUAND ON ME LES SERT COMME ÇA SUR UN PLATEAU, JE CROIS QUE JE N'EN AURAI JAMAIS ASSEZ, ET JE M'ARRÊTE AVANT LA DOUZAINE!
BON, VOUS ME FINISSEZ?
PAF!
TCHOK!
QU'EST-CE QUI SE PASSE, ICI?
POC!

QUI ES-TU? TU N'ES PAS UN ROMAIN!
GRRRRAO!
VRAIMENT PAS. JE SUIS UN EXILÉ, PRISONNIER DANS CE CAMP POUR LA NUIT. MAIS POUR DORMIR, JE NE SAIS PAS SI MES GEÔLIERS ONT FAIT UN BON CHOIX.
UN PRISONNIER?
OUI, MAIS VOUS NE POUVEZ PLUS RIEN NOUS FAIRE! NOUS SOMMES DÉJÀ MASSACRÉS! ON VOUS A BIEN EUS, HEIN?
COMMENT TE NOMMES-TU? POURQUOI ES-TU EXILÉ?
JE M'APPELLE OCATARINETABELLATCHITCHIX, ET JE SUIS CORSE.
10A
C'EST QUOI, LA CORSE?
LA CORSE, C'EST LE CAUCHEMAR DES ROMAINS! TU AS COMPRIS, LE GROS?
JE NE SUIS PAS GROS ET JE SUIS AUSSI LE CAUCHEMAR DES ROMAINS!
TU ES SUSCEPTIBLE, TOI... TU ME PLAIS.
EH BIEN, OMARINELLA...
CATARINETA.
EXCUSE-MOI. EH BIEN, OCATARINETABELLA-TCHITCHIX, VIENS AVEC NOUS DANS NOTRE VILLAGE PARTICIPER À NOTRE BANQUET...
...TU NOUS RACONTERAS TOUT ÇA.
¡IDÉFIX! ¡ICI!
HARFHARFHARF
10B

TU N'AIMES PAS LE SANGLIER OCATARINETABELLATCHITCHIX?
C'EST CURIEUX, LE NOM DE CET HOMME M'INSPIRE. JE VAIS ÉCRIRE UN CHANT...
J'AIME LE SANGLIER... MAIS VOUS ME L'OFFREZ PAR PITIÉ!
JAMAIS DE LA VIE!
SI TU N'EN VEUX PAS, JE PEUX T'EN DÉBARRASSER...
JE T'AI VEXÉ. TU ES FIER. FIER ET SUSCEPTIBLE. TU ME PLAIS, PETIT.
ALORS, JE LE MANGE, CE SANGLIER!
C'EST MAINTENANT QU'IL ME VEXE!
PARLE-NOUS DE TON PAYS, OCATARINETABELLA-TCHITCHIX.
LA CORSE EST UNE PROVINCE ROMAINE GOUVERNÉE PAR UN PRÉTEUR NOMMÉ POUR UN AN. PENDANT CETTE ANNÉE, SOUS PRÉTEXTE D'IMPÔTS, LE PRÉTEUR PILLE LA CORSE, HISTOIRE D'ÊTRE BIEN VU PAR JULES CÉSAR À SON RETOUR À ROME...
UN SANGLIER PAR PITIÉ!
MAIS MOI, AVEC MES HOMMES, JE REPRENDS TOUT CE QU'IL Y A DANS LES ENTREPÔTS AVANT LE DÉPART DU PRÉTEUR! JUSQU'À PRÉSENT, CÉSAR N'A PAS EU UNE CHÂTAIGNE À SE METTRE SOUS LA DENT!
LE PRÉTEUR ACTUEL, SUELBURNUS, EST LE PLUS AVIDE ET LE PLUS CRUEL DE TOUS! IL A RÉUSSI À ME CAPTURER PAR TRAÎTRISE PENDANT LA SIESTE, ET IL M'A CONDAMNÉ À LA PIRE DES PEINES: L'EXIL! MAIS GRÂCE À VOUS, JE VAIS RENTRER EN CORSE AVANT LE DÉPART DU PRÉTEUR ET REPRENDRE TOUT CE QU'IL A VOLÉ!
J'AIMERAIS VOIR COMMENT TU T'Y PRENDS AVEC LES ROMAINS!
SCRONTCH! SCRONTCH! SCRONTCH!
EH BIEN, VIENS AVEC MOI, ASTÉRIXOCCELLIX! À TON RETOUR, TU POURRAS RACONTER À TES AMIS COMMENT ÇA SE PASSE DANS MON PAYS, LE PLUS BEAU DU MONDE!
OUI, MAIS PAS TOUT DE SUITE. ON VA DORMIR, D'ABORD.
DANS MES BRAS, PETIT! DÉCIDÉMENT, TU ME PLAIS!

EH BIEN, C'EST ENTENDU! DEMAIN MATIN, ASTÉRIX ET OBÉLIX PARTIRONT EN CORSE AVEC TOI. AU RETOUR, ILS NOUS PARLERONT DE TON PAYS ET DE VOS MÉTHODES!
LE LENDEMAIN MATIN...
IL ÉTAIT SIMPLEMENT DÉLICIEUX, JE DOIS RÉELLEMENT DIRE.
CHENCHACHIONNEL!
ET LES CHANGLIERS! CHUCCULENTS, EN TOUTE CHINCHÉRITÉ!
CHMAC!
ET POURQUOI JE NE L'EMMÈNERAIS PAS?
C'EST CHAQUE FOIS LA MÊME CHOSE! PARCE QU'IL EST TROP PETIT!
ON VOUS CHERCHE PARTOUT, LES ENFANTS. IL VAUT MIEUX QUE VOUS PARTIEZ AVANT LE RETOUR DES ROMAINS. N'OUBLIEZ PAS QUE NOTRE AMI CORSE EST RECHERCHÉ.
GRMBLGNBLMGNBL
GNAGNAGNA GNAGNAGNA.
POUR TOI AUSSI UNE GOURDE DE POTION MAGIQUE, OCATARINETABELLATCHITCHIX. UN PETIT CADEAU UTILE EN SOUVENIR DE TON SÉJOUR CHEZ NOUS.
TIENS! MOI AUSSI J'AI UN CADEAU UTILE!
?
UN PETIT CHIEN! J'AIME BIEN LES PETITS CHIENS!
ET EN PLUS, JE VOYAGE LÉGER. C'EST LUI QUI PORTE IDÉFIX!... C'EST QU'IL GROSSIT, CES TEMPS-CI.
OBÉLIX, TU ES UN MALIN!
C'EST COMME ÇA QUE NOUS SOMMES, NOUS, ASTÉRIXOCCELLIX!

LE PORT DE MASSILIA.
AU NOUVEAU PORT
IL FAUT QUE JE TROUVE UN BATEAU POUR ALLER EN CORSE. J'AI DES AMIS ICI QUI M'AIDERONT, MAIS IL VAUT MIEUX QUE J'Y AILLE SEUL.
RENDEZ-VOUS ICI DANS UNE HEURE. TIENS-MOI LE CHIEN, JE FATIGUE.
CHEZ CAFÉOLIX
OCATARINETA-BELLATCHITCHIX, JE SUIS FOU DE JOIE.
CAFÉOLIX, TA VUE ME REMPLIT D'ALLÉGRESSE.
PARLOMBA! APPORTE LE VIN ET LE SAUCISSON. PAS CELUI DES CLIENTS.

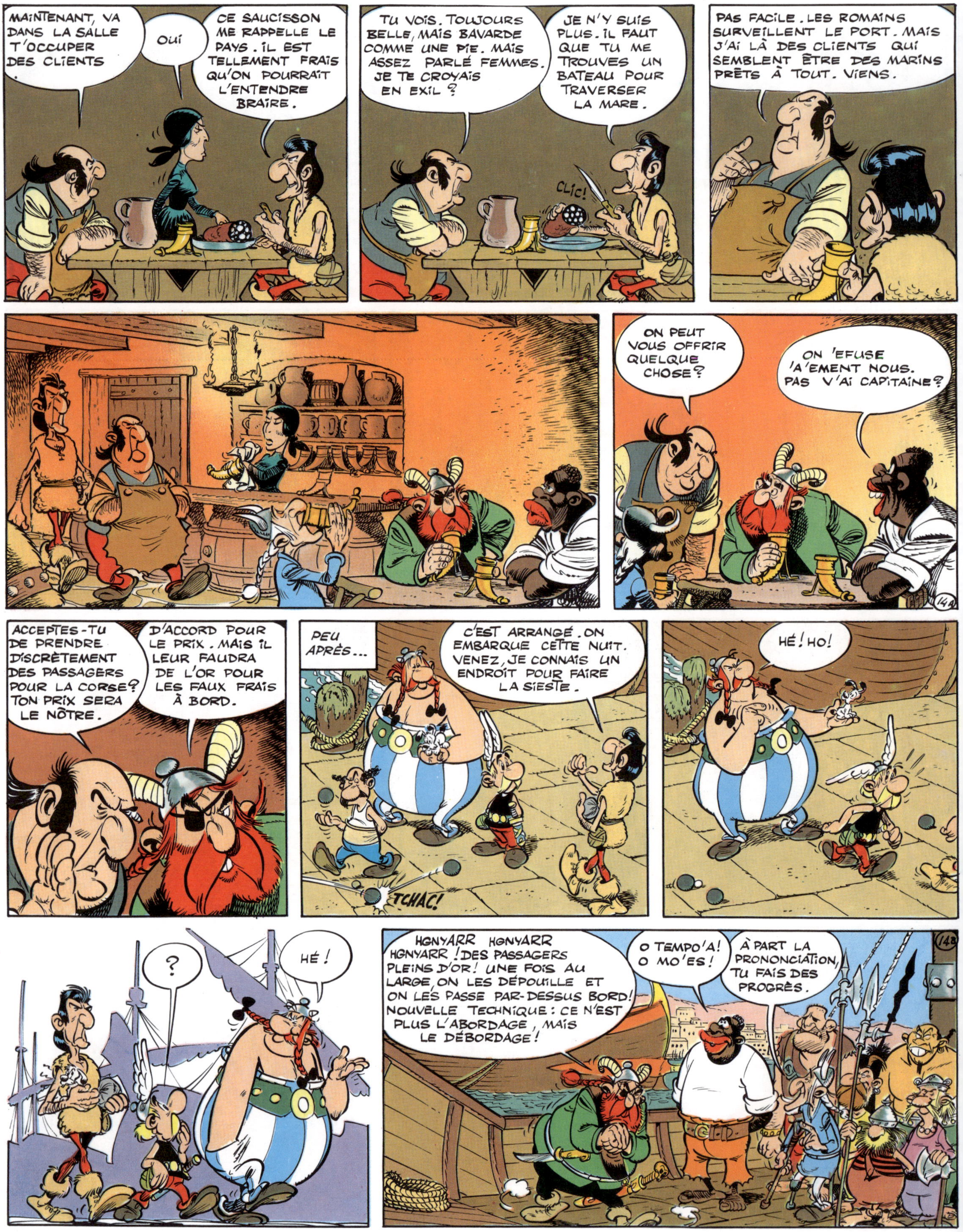
MAINTENANT, VA DANS LA SALLE T'OCCUPER DES CLIENTS.
OUI
CE SAUCISSON ME RAPPELLE LE PAYS. IL EST TELLEMENT FRAIS QU'ON POURRAIT L'ENTENDRE BRAIRE.
TU VOIS. TOUJOURS BELLE, MAIS BAVARDE COMME UNE PIE. MAIS ASSEZ PARLÉ FEMMES. JE TE CROYAIS EN EXIL?
JE N'Y SUIS PLUS. IL FAUT QUE TU ME TROUVES UN BATEAU POUR TRAVERSER LA MARE.
CLIC!
PAS FACILE. LES ROMAINS SURVEILLENT LE PORT. MAIS J'AI LÀ DES CLIENTS QUI SEMBLENT ÊTRE DES MARINS PRÊTS À TOUT. VIENS.
ON PEUT VOUS OFFRIR QUELQUE CHOSE?
ON 'EFUSE 'A'EMENT NOUS. PAS V'AI CAPITAINE?
ACCEPTES-TU DE PRENDRE DISCRÈTEMENT DES PASSAGERS POUR LA CORSE? TON PRIX SERA LE NÔTRE.
D'ACCORD POUR LE PRIX. MAIS IL LEUR FAUDRA DE L'OR POUR LES FAUX FRAIS À BORD.
PEU APRÈS...
C'EST ARRANGÉ. ON EMBARQUE CETTE NUIT. VENEZ, JE CONNAIS UN ENDROIT POUR FAIRE LA SIESTE.
TCHAC!
HÉ! HO!
?
HÉ!
HGNYARR HGNYARR HGNYARR! DES PASSAGERS PLEINS D'OR! UNE FOIS AU LARGE, ON LES DÉPOUILLE ET ON LES PASSE PAR-DESSUS BORD! NOUVELLE TECHNIQUE: CE N'EST PLUS L'ABORDAGE, MAIS LE DÉBORDAGE!
O TEMPO'A! O MO'ES!
À PART LA PRONONCIATION, TU FAIS DES PROGRÈS.

CETTE NUIT-LÀ...
QUI VA LÀ?
VIENIVIENIVIENI.
AÏE AÏEAÏEAÏE. VOUS POUVEZ EMBARQUER.
DRÔLE DE MOT DE PASSE.
FAUT AVOUER...
VOTRE CABINE EST À L'ENTREPONT. ALLEZ VOUS COUCHER. ON PART TOUT DE SUITE.
15A
BIEN, GARÇONS. NOUS SOMMES ASSEZ LOIN DES CÔTES. ALLONS PLUMER CES TROIS PIGEONS.
ILS DORMENT. BIEN! PARFAIT, PARF...
CAPITAINE! OH! CAPITAINE!
QUOI?
CHUT!... RE...RERERE... REGARDEZ! LES GAU... LES GAUGAU...
NE NOUS PLAIGNONS PAS, GARÇONS! ILS NE SE SONT PAS RÉVEILLÉS. C'EST DÉJÀ ÇA.
E''A'E HUMANUM EST.
15B

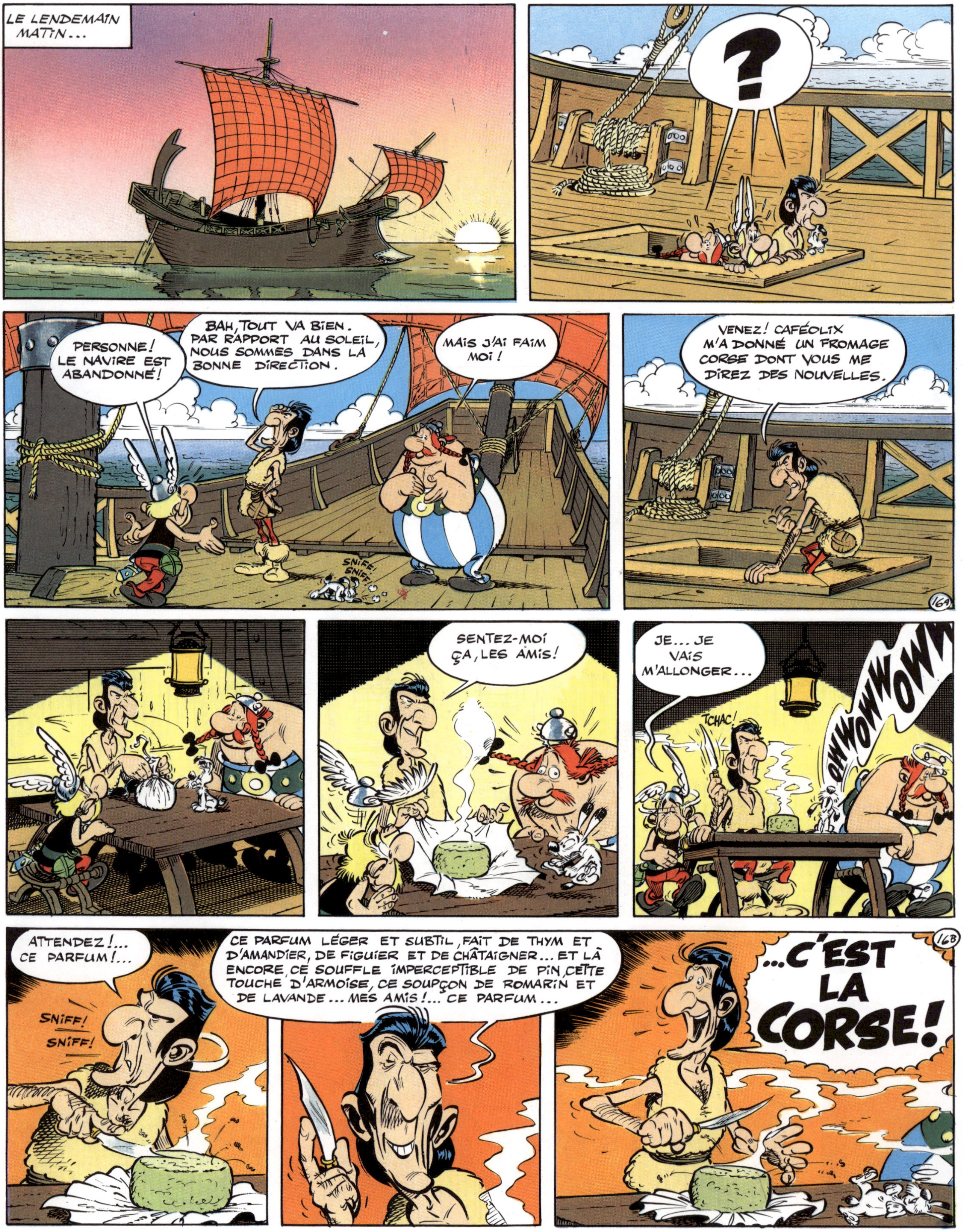

LE LENDEMAIN MATIN...
?
PERSONNE! LE NAVIRE EST ABANDONNÉ!
BAH, TOUT VA BIEN. PAR RAPPORT AU SOLEIL, NOUS SOMMES DANS LA BONNE DIRECTION.
MAIS J'AI FAIM MOI!
SNIFF! SNIFF!
VENEZ! CAFÉOLIX M'A DONNÉ UN FROMAGE CORSE DONT VOUS ME DIREZ DES NOUVELLES.
SENTEZ-MOI ÇA, LES AMIS!
JE... JE VAIS M'ALLONGER...
TCHAC!
ATTENDEZ!... CE PARFUM!...
SNIFF! SNIFF!
CE PARFUM LÉGER ET SUBTIL, FAIT DE THYM ET D'AMANDIER, DE FIGUIER ET DE CHÂTAIGNER... ET LÀ ENCORE, CE SOUFFLE IMPERCEPTIBLE DE PIN, CETTE TOUCHE D'ARMOISE, CE SOUPÇON DE ROMARIN ET DE LAVANDE... MES AMIS!... CE PARFUM...
...C'EST LA CORSE!

LA CORSE !
?!
ILS SONT FOUS, CES CORSES !
TOC! TOC! TOC!
BAH! FAISONS COMME LUI.
PLOUF!
PLOUF!
PLIF!
SENTEZ CETTE EAU! SENTEZ CE PARFUM DE LANGOUSTE, D'OURSIN ET DE CIGALE DE MER!
17A
JE TROUVE QUE ÇA SENT PLUTÔT LE ROMAIN... CE N'EST PAS UN CAMP FORTIFIÉ, LÀ-BAS ?
OUI, LES CAMPS SE TROUVENT TOUT AUTOUR DE L'ÎLE. DÈS QU'ILS ESSAIENT DE S'ENFONCER VERS L'INTÉRIEUR, LES ROMAINS ONT DES ENNUIS.
MAIS NE VOUS INQUIÉTEZ PAS. LES ROMAINS QU'ON NOUS EN-VOIE SONT EN GÉNÉRAL DES MINABLES AFFECTÉS CHEZ NOUS PAR PUNITION. SEUL LE PRÉTEUR, À ALÉRIA, A QUELQUES TROUPES D'ÉLITE.
TU AS VU? IL FAUT ALLER PRÉVENIR LE CENTURION !
OUAIS. NE RESTONS PAS ICI, EN TOUT CAS.
EH BIEN, DÉPÊCHE-TOI !
DOUCEMENT. DOUOUOUOUCEMENT.
TU ES NOUVEAU ICI, ALORS, DOUOUOUCEMENT. JE T'EXPLIQUERAI.
17B

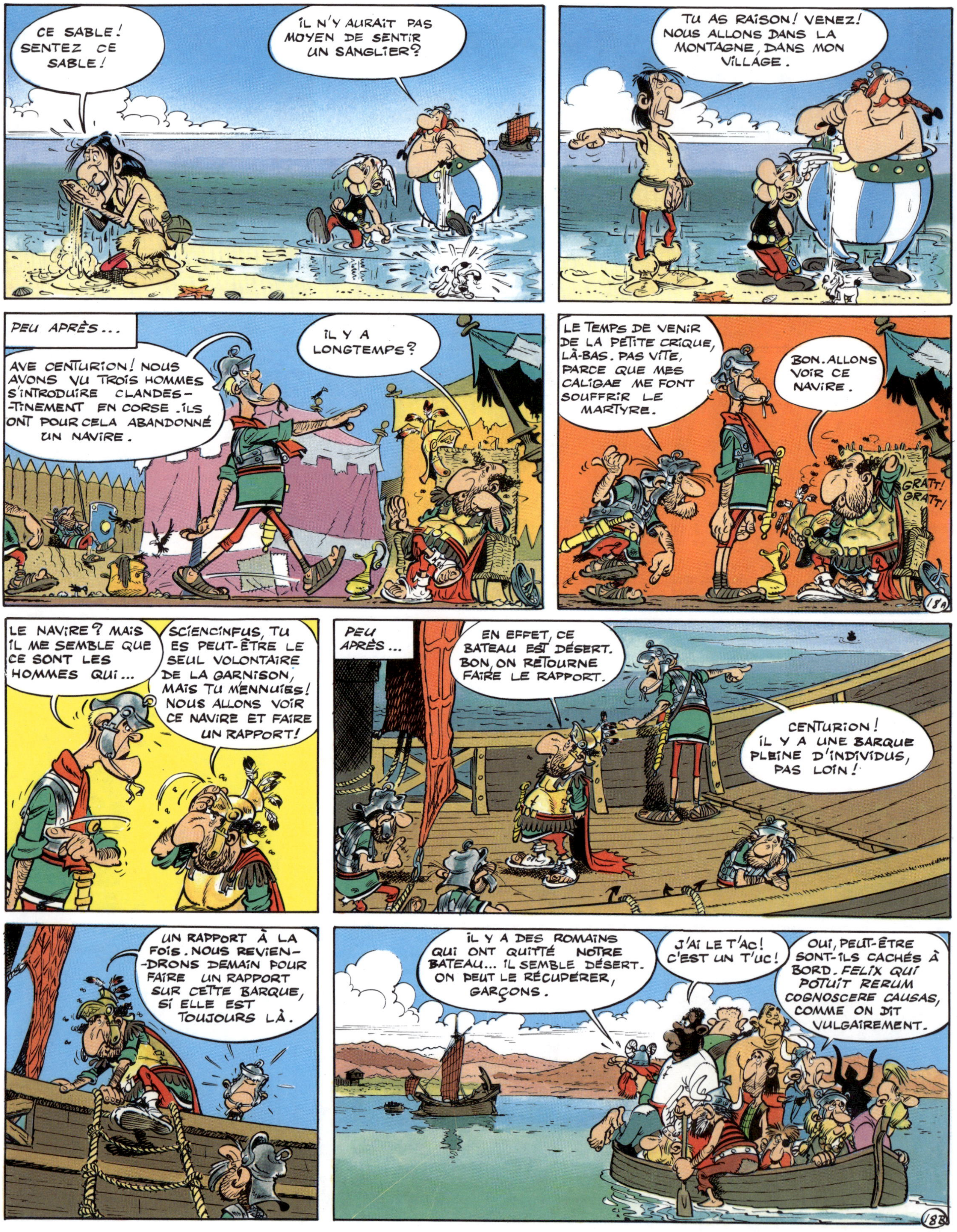
CE SABLE ! SENTEZ CE SABLE !
IL N'Y AURAIT PAS MOYEN DE SENTIR UN SANGLIER ?
TU AS RAISON ! VENEZ ! NOUS ALLONS DANS LA MONTAGNE, DANS MON VILLAGE.
PEU APRÈS...
AVE CENTURION ! NOUS AVONS VU TROIS HOMMES S'INTRODUIRE CLANDESTINEMENT EN CORSE. ILS ONT POUR CELA ABANDONNÉ UN NAVIRE.
IL Y A LONGTEMPS ?
LE TEMPS DE VENIR DE LA PETITE CRIQUE, LÀ-BAS. PAS VITE, PARCE QUE MES CALIGAE ME FONT SOUFFRIR LE MARTYRE.
BON. ALLONS VOIR CE NAVIRE.
GRATT ! GRATT !
LE NAVIRE ? MAIS IL ME SEMBLE QUE CE SONT LES HOMMES QUI...
SCIENCINFUS, TU ES PEUT-ÊTRE LE SEUL VOLONTAIRE DE LA GARNISON, MAIS TU M'ENNUIES ! NOUS ALLONS VOIR CE NAVIRE ET FAIRE UN RAPPORT !
PEU APRÈS...
EN EFFET, CE BATEAU EST DÉSERT. BON, ON RETOURNE FAIRE LE RAPPORT.
CENTURION ! IL Y A UNE BARQUE PLEINE D'INDIVIDUS, PAS LOIN !
UN RAPPORT À LA FOIS. NOUS REVIENDRONS DEMAIN POUR FAIRE UN RAPPORT SUR CETTE BARQUE, SI ELLE EST TOUJOURS LÀ.
IL Y A DES ROMAINS QUI ONT QUITTÉ NOTRE BATEAU... IL SEMBLE DÉSERT. ON PEUT LE RÉCUPÉRER, GARÇONS.
J'AI LE T'AC ! C'EST UN T'UC !
OUI, PEUT-ÊTRE SONT-ILS CACHÉS À BORD. FELIX QUI POTUIT RERUM COGNOSCERE CAUSAS, COMME ON DIT VULGAIREMENT.

ALLEZ-Y CAPITAINE. VOUS NOUS 'ACONTE'EZ...
CORNE D'AUROCH! VOUS VENEZ TOUS AVEC MOI! À L'ABORDAGE!
PEU APRÈS...
ON A FOUILLÉ PARTOUT : PERSONNE.
C'EST P'OPE DE LA POUPE À LA P'OUE.
MAIS IL Y A UNE DRÔLE D'ODEUR QUI SORT DE LÀ-DEDANS. COMME UNE SORTE DE FROMAGE DÉMENT.
SNIFF! SNIFF!
UN VOLONTAIRE POUR...
OUI, BON, ÇA VA. J'AI COMPRIS.
VLABADABAOUM!

BON, EH BIEN NOUS N'AVONS PLUS RIEN À FAIRE ICI. ON S'EN VA.
COMMENT ON S'EN VA ? ET TOUT ÇA ?
QUOI TOUT ÇA ? UN BATEAU ARRIVE, TROIS TYPES PLONGENT, LE BATEAU EST DÉSERT, IL FAIT EXPLOSION ET D'AUTRES TYPES ARRIVENT À LA NAGE...
TOUT ÇA EST BANAL. IL N'Y A MÊME PAS DE QUOI FAIRE UN RAPPORT.
PAS D'ACCORD, CENTURION. IL FAUT PRÉVENIR LE PRÉTEUR SUELBURNUS, À ALÉRIA !
PAR JUPITER ET PAR MERCURE ! TU VEUX DES ENNUIS ? TU LES AURAS ! JE TE CHARGE DE CONDUIRE CES IMBÉCILES À ALÉRIA !
PENDANT CE TEMPS...
MON VILLAGE EST TOUT PRÈS.
IL EST DE TON VILLAGE CELUI-LÀ ?
C'EST PATOLOGIX, NOTRE DRUIDE. IL EST EN TRAIN DE CUEILLIR LE GUI.
IL S'Y PREND COMME ÇA POUR LE CUEILLIR ?
EH OUI. IL ATTEND QU'IL TOMBE.
TOC! TOC! TOC! TOC!

OH! REGARDE! DES SANGLIERS DOMESTIQUES!
NON. CE SONT DES COCHONS SAUVAGES.
CE N'EST PAS LE PETIT OCATARINETABELLATCHITCHIX QUI ÉTAIT SUR LE CONTINENT?
OUI. JE SAVAIS BIEN QU'ILS NE VOUDRAIENT PAS LE GARDER.
LES AUTRES NE SONT PAS D'ICI. REGARDEZ LE CHIEN; IL N'EST PAS PLUS GROS QU'UN MERLE
ÇA, C'EST LE CHIEN QUI NE DORT PAS ASSEZ.
OCATARINETABELLATCHITCHIX, NOTRE CHEF! TU ES DE RETOUR!
21A
CONTENT DE TE VOIR CARFERRIX.
QUAND JE PENSE QU'ON ALLAIT FAIRE DES ÉLECTIONS POUR CHOISIR UN NOUVEAU CHEF. LES URNES SONT DÉJÀ PLEINES.
LES URNES SONT PLEINES AVANT LES ÉLECTIONS?
OUI, MAIS ON LES JETTE À LA MER SANS LES OUVRIR, ET APRÈS, C'EST LE PLUS FORT QUI GAGNE. UNE COUTUME DE CHEZ NOUS.
JE VOUS PRÉSENTE ASTÉRIX, OBÉLIX ET IDÉFIX. ILS SONT VENUS VOIR COMMENT ON S'OCCUPE DES ROMAINS, CHEZ NOUS.
À PROPOS, VENEZ MANGER LE COCHON SAUVAGE CHEZ MOI.
21B

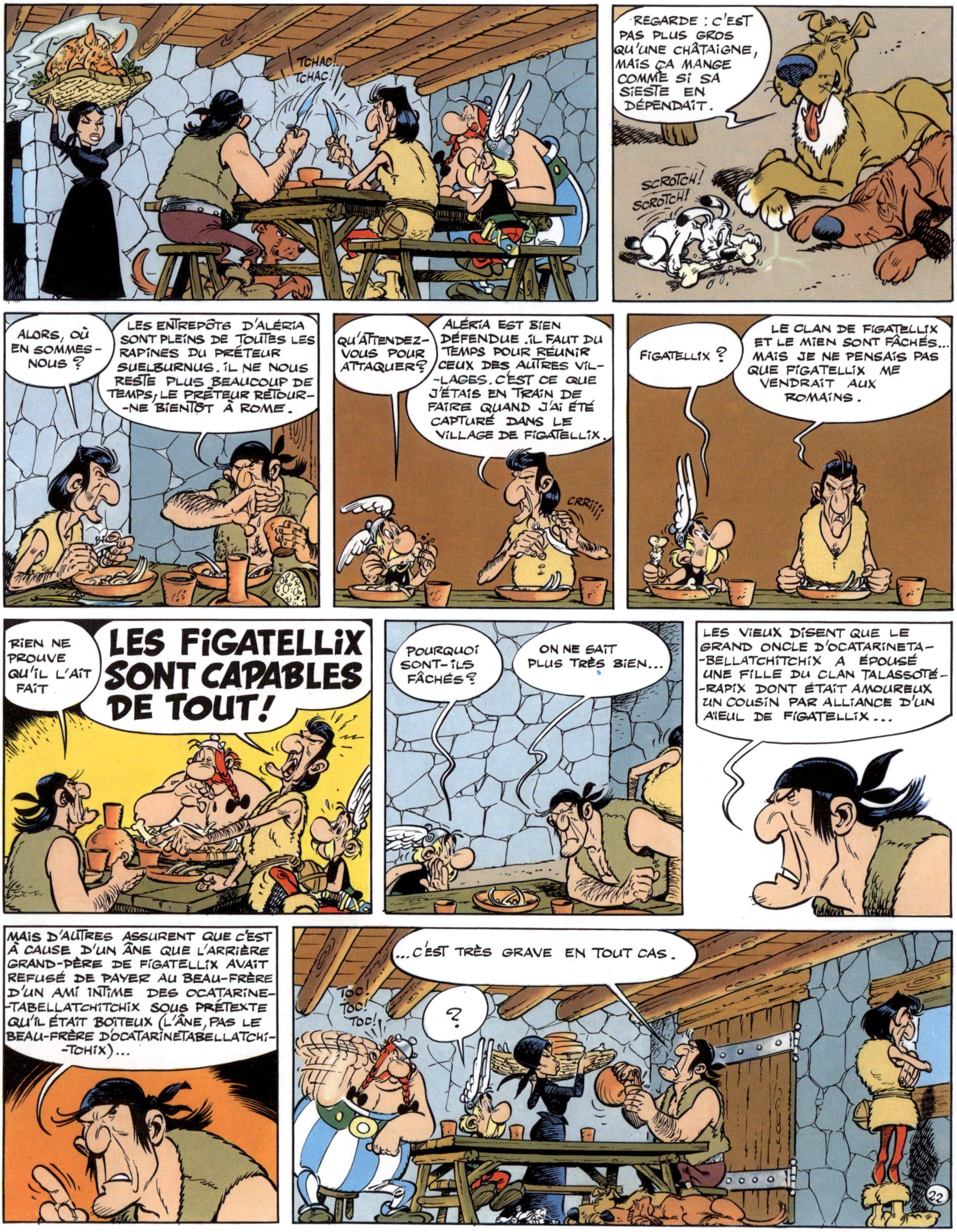
TCHAC! TCHAC!
REGARDE : C'EST PAS PLUS GROS QU'UNE CHÂTAIGNE, MAIS ÇA MANGE COMME SI SA SIESTE EN DÉPENDAIT.
SCROTCH! SCROTCH!
ALORS, OÙ EN SOMMES-NOUS ?
LES ENTREPÔTS D'ALÉRIA SONT PLEINS DE TOUTES LES RAPINES DU PRÉTEUR SUELBURNUS. IL NE NOUS RESTE PLUS BEAUCOUP DE TEMPS, LE PRÉTEUR RETOURNE BIENTÔT À ROME.
QU'ATTENDEZ-VOUS POUR ATTAQUER?
ALÉRIA EST BIEN DÉFENDUE. IL FAUT DU TEMPS POUR RÉUNIR CEUX DES AUTRES VILLAGES. C'EST CE QUE J'ÉTAIS EN TRAIN DE FAIRE QUAND J'AI ÉTÉ CAPTURÉ DANS LE VILLAGE DE FIGATELLIX.
CRRIII
FIGATELLIX ?
LE CLAN DE FIGATELLIX ET LE MIEN SONT FÂCHÉS... MAIS JE NE PENSAIS PAS QUE FIGATELLIX ME VENDRAIT AUX ROMAINS.
RIEN NE PROUVE QU'IL L'AIT FAIT
LES FIGATELLIX SONT CAPABLES DE TOUT!
POURQUOI SONT-ILS FÂCHÉS?
ON NE SAIT PLUS TRÈS BIEN...
LES VIEUX DISENT QUE LE GRAND ONCLE D'OCATARINETA-BELLATCHITCHIX A ÉPOUSÉ UNE FILLE DU CLAN TALASSOTÉ-RAPIX DONT ÉTAIT AMOUREUX UN COUSIN PAR ALLIANCE D'UN AÏEUL DE FIGATELLIX...
MAIS D'AUTRES ASSURENT QUE C'EST À CAUSE D'UN ÂNE QUE L'ARRIÈRE GRAND-PÈRE DE FIGATELLIX AVAIT REFUSÉ DE PAYER AU BEAU-FRÈRE D'UN AMI INTIME DES OCATARINETABELLATCHITCHIX SOUS PRÉTEXTE QU'IL ÉTAIT BOITEUX (L'ÂNE, PAS LE BEAU-FRÈRE D'OCATARINETABELLATCHITCHIX)...
...C'EST TRÈS GRAVE EN TOUT CAS.
TOC! TOC! TOC!
?

ALÉRIA...
UN LÉGIONNAIRE DEMANDE À TE VOIR, Ô PRÉTEUR SUELBURNUS. IL DIT POSSÉDER DES RENSEIGNEMENTS IMPORTANTS
QU'IL ENTRE.
AVE PRÉTEUR! CET HOMME A DES CHOSES À RACONTER.
PAS DU TOUT! JE SUIS UN HONNÊTE MARIN QUI ASSURE LA LIAISON MASSILIA-CORSE...
CLAC!
J'AVAIS TROIS PASSAGERS QUI, AVANT DE DISPARAÎTRE, ONT FAIT SAUTER MON BATEAU À L'AIDE D'UN FROMAGE INFERNAL...
UN FROMAGE CORSE?
UN DES PASSAGERS ÉTAIT CORSE EN TOUT CAS... ON L'APPELAIT OCATARI--NETABELLAPLOUMPLOUM.
TCHITCHIX!?
OUI, C'EST ÇA. PAS PLOUMPLOUM, TCHITCHIX. IL Y AVAIT DEUX GAULOIS AVEC LUI, DEUX DANGERS POUR LA NAVIGATION QUI...
OÙ SONT-ILS ALLÉS?
JE LES AI VUS S'ENFONCER DANS LE PAYS, VERS LA MONTA--GNE. JE DEMANDE L'HONNEUR DE PARTICIPER AUX RECHERCHES, SI CES GENS SONT HORS-LA-LOI...
HORS-LA-LOI? OCATARINETA--BELLATCHITCHIX EST LE PIRE DES BANDITS. IL EN VEUT AUX IMPÔTS DE CÉSAR! JE L'AVAIS EXILÉ... IL FAUT LE CAPTURER!
PRÉTEUR! JE CAPTURERAI OCATARINETABELLATSOINTSOIN!
BONG!
TCHITCHIX.

TU ES NOUVEAU ICI ...
OUI. JE ME SUIS PORTÉ VOLONTAIRE POUR SERVIR EN CORSE. IL PARAÎT QU'IL Y A DES CHANCES DE MONTER EN GRADE.
C'EST FAIT! JE TE NOMME CHEF DE LA PATROUILLE QUI VA CHERCHER LE BANDIT. SON VILLAGE EST LE PREMIER QUE TU TROUVERAS DANS LE VALLON, À L'OUEST, TOUT DROIT.
IL ME FAUDRA DES HOMMES.
FACILE... TROMPETTE! SONNE LA SOUPE!
?
TARIIIIIII TARAAAAA TARIIIIIIIII
PARFAIT! LES DIX PREMIERS SONT DÉSIGNÉS VOLONTAIRES POUR ALLER CAPTURER OCATARINETABELLATCHITCHIX!
TU VOIS CE QUE JE TE DISAIS, IMBÉCILE!... ON VENAIT DE SE LEVER DE TABLE!
TU AVAIS RAISON... JE N'AVAIS MÊME PAS FINI DE MANGER.
JE RAMÈNERAI LE BANDIT, PRÉTEUR! AVE!
CLAC!
EN AVANT, CAMARADES!
JE NE CROIS PAS QUE TU LE RAMÈNERAS, PAUVRE ABRUTI... IL VA FALLOIR QUE JE METTE LE BUTIN À L'ABRI...
CÉSAR M'A PRÉVENU... SI JE NE RAPPORTE PAS UN BUTIN IMPORTANT À ROME, IL M'ENVERRA EN GAULE... IL PARAÎT QU'IL Y A LÀ-BAS UN VILLAGE OÙ ILS SONT PIRES QUE DES CORSES... ET EUX, ILS N'ONT QUE DU POISSON...
...ET PAS TOUJOURS FRAIS, DIT-ON.

IL PARAÎT QU'IL S'EST PORTÉ VOLONTAIRE POUR VENIR EN CORSE!
EN PLUS, NOUS SOMMES MENÉS PAR UN FOU!
MOI À ROME, J'AVAIS ÉTÉ CONDAMNÉ; ON M'A DONNÉ LE CHOIX : LE CIRQUE OU LA CORSE... MAIS TU CONNAIS L'ARMÉE : IL SUFFIT QUE TU DEMANDES UNE CHOSE POUR QU'ON TE DONNE L'AUTRE.
MOI, C'EST UN OPTIONE QUI M'A FAIT BOIRE DANS UNE TAVERNE DE GENUA. JE ME SUIS RÉVEILLÉ ICI, ET JE N'AI PLUS JAMAIS BU.
UN PEU DE SILENCE! NOUS DEVONS PRENDRE LE BANDIT PAR SURPRISE!
PAR SURPRISE!... TIENS, J'EN RIRAIS.
25A
HI HAN! HI HAN!
PLUS LOIN...
HI HAN! HI HAN!
GROINNNK! GROINNNK!
POC!
GROINNNK! GROINNNK!
VA AU VILLAGE PRÉVENIR QU'UNE PATROUILLE DE ONZE ROMAINS S'Y DIRIGE.
IL N'Y A PLUS MOYEN DE PÊCHER TRANQUILLEMENT. TOUS LES SIX MOIS C'EST LA MÊME CHOSE!
25B

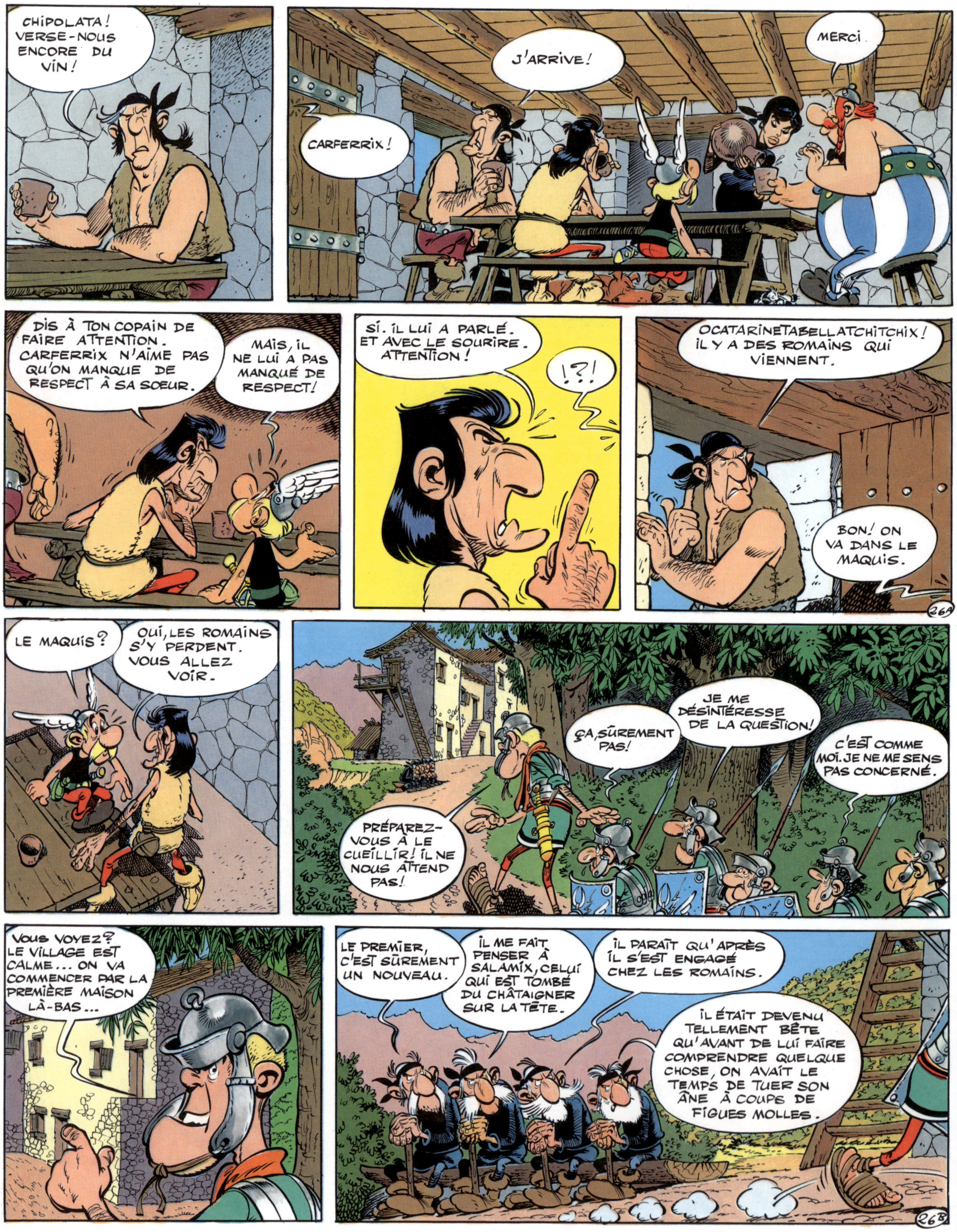
CHIPOLATA ! VERSE-NOUS ENCORE DU VIN !
CARFERRIX !
J'ARRIVE !
MERCI.
DIS À TON COPAIN DE FAIRE ATTENTION. CARFERRIX N'AIME PAS QU'ON MANQUE DE RESPECT À SA SOEUR.
MAIS, IL NE LUI A PAS MANQUÉ DE RESPECT !
SI. IL LUI A PARLÉ. ET AVEC LE SOURIRE. ATTENTION !
!?!
OCATARINETABELLATCHITCHIX ! IL Y A DES ROMAINS QUI VIENNENT.
BON ! ON VA DANS LE MAQUIS.
LE MAQUIS ?
OUI, LES ROMAINS S'Y PERDENT. VOUS ALLEZ VOIR.
PRÉPAREZ-VOUS À LE CUEILLIR ! IL NE NOUS ATTEND PAS !
ÇA, SÛREMENT PAS !
JE ME DÉSINTÉRESSE DE LA QUESTION !
C'EST COMME MOI. JE NE ME SENS PAS CONCERNÉ.
VOUS VOYEZ ? LE VILLAGE EST CALME... ON VA COMMENCER PAR LA PREMIÈRE MAISON LÀ-BAS...
LE PREMIER, C'EST SÛREMENT UN NOUVEAU.
IL ME FAIT PENSER À SALAMIX, CELUI QUI EST TOMBÉ DU CHÂTAIGNER SUR LA TÊTE.
IL PARAÎT QU'APRÈS IL S'EST ENGAGÉ CHEZ LES ROMAINS.
IL ÉTAIT DEVENU TELLEMENT BÊTE QU'AVANT DE LUI FAIRE COMPRENDRE QUELQUE CHOSE, ON AVAIT LE TEMPS DE TUER SON ÂNE À COUPS DE FIGUES MOLLES.

TOMK! TOMK! TOMK!
AVE!
AU NOM DU PRÉTEUR SUELBURNUS, REPRÉSENTANT DE JULES CÉSAR EN CORSE, JE DOIS PERQUISITIONNER!...
RETOURNE DANS LA MAISON, CHIPOLATA.
!
EUH... BON... JE DISAIS QUE AVE, ET QUE, AU NOM DU PRÉTEUR SUELBURNUS REPRÉSENTANT DE JULES CÉSAR
GLOP!
TU AS PARLÉ À MA SOEUR.
AH?... JE NE SAVAIS PAS QUE...
JE N'AIME PAS QU'ON PARLE À MA SOEUR.
TCHAC! TCHAC!
ÇA VA ÊTRE NOTRE FÊTE, LES COPAINS.

MAIS... MAIS ELLE NE M'INTÉRESSE PAS VOTRE SOEUR. JE VOULAIS SIMPLEMENT...
ELLE TE PLAÎT PAS MA SOEUR ?
MAIS SI, BIEN SÛR, ELLE ME PLAÎT...
AH, ELLE TE PLAÎT, MA SOEUR !!! RETENEZ-MOI OU JE LE TUE, LUI ET SES IMBÉCILES !
FILEZ ! ON VA ESSAYER DE LE RETENIR...
...JUSTE LE TEMPS POUR UNE CHÂTAIGNE DE TOMBER D'UN TABOURET.
ON S'EN VA ! ON S'EN VA !
CHIPOLATA ! QUE JE T'Y REPRENNE À CONTER FLEURETTE AUX ROMAINS !
28A
TIENS ? ILS SONT RESTÉS PLUS LONGTEMPS QUE JE NE LE CROYAIS.
ILS ONT EU DE LA CHANCE ; IL Y EN A AUTANT QUE TOUT À L'HEURE.
ÇA COURT, ÇA S'AGITE !
ET APRÈS, ÇA S'ÉTONNE DE NE PAS VIVRE VIEUX.
HARRFF! HARRFF! HARRFF!
TU SAIS, IL N'Y A PAS DE REGRETS À AVOIR ; LE BANDIT AVAIT SÛREMENT DÉJÀ GAGNÉ LE MAQUIS.
LE MAQUIS ? POURQUOI NE L'AVAIS-TU PAS DIT PLUS TÔT ? NOUS ALLONS FOUILLER LE MAQUIS !
FOUILLER LE MAQUIS ? MAIS IL EST AUSSI FOU QUE SALAMIX, CE TYPE !
TOC! TOC! TOC!
ET CELUI QUI DÉSERTE SERA TRAITÉ COMME IL LE MÉRITE !
ÇA MÉRITE QUOI, UN DÉSERTEUR ?
LA CROIX.
28B

TU ARRIVES À T'Y RECONNAÎTRE, OCATARINETABELLA--TCHITCHIX ?
MAIS OUI, ASTÉRIX. JE VOUS AI FAIT FAIRE UN PETIT DÉTOUR PARCE QUE JE CHERCHAIS...
AH ! LE VOICI ! C'EST UN SESTERCE QUE J'AVAIS PERDU LA DERNIÈRE FOIS QUE J'ÉTAIS DANS LE COIN.
OBÉLIX ! NE T'ÉLOIGNE PAS !
C'EST IDÉFIX, IL ÉTAIT LÀ, ET...
IDÉFIX ! YOUHOU !
OCATARINETABELLA--TCHITCHIX ! OBÉLIX A PERDU IDÉFIX !
CE N'EST PAS GRAVE, NOUS ALLONS RETOURNER SUR NOS PAS.
OÙ ILS ÉTAIENT, NOS PAS ?
VOUS AVEZ ENTENDU ? DES VOIX ! NOUS SOMMES SUR LA PISTE !
SCIENCINFUS ! PAS DE BRUIT !
VOUS N'AVEZ PAS VU IDÉFIX ?
IDÉFIX ? QUI EST-CE ?
ASTÉRIX, IL Y A ICI QUELQU'UN QUI NE CONNAIT PAS IDÉFIX.
GLOUGLOU GLOUGLOU !
QUE BUVAIS-TU ASTÉRIX ?
UN PEU DE POTION MAGIQUE, OCATARINETA--BELLATCHITCHIX... OÙ SONT-ILS, OBÉLIX ?
J'EN TIENS UN, ASTÉRIX.
MOI AUSSI, PAR JUPITER !
MAIS IL Y EN A D'AUTRES ICI ?
PAF !
PAF ! PAF ! PAF !
C'EST IDÉFIX !
PAF !
BON, LES AMIS, SUIVEZ-MOI.
OH OUI, MAINTENANT QUE J'AI TROUVÉ MON IDÉFIX, JE N'AI PLUS DE RAISONS DE M'ATTARDER.
29

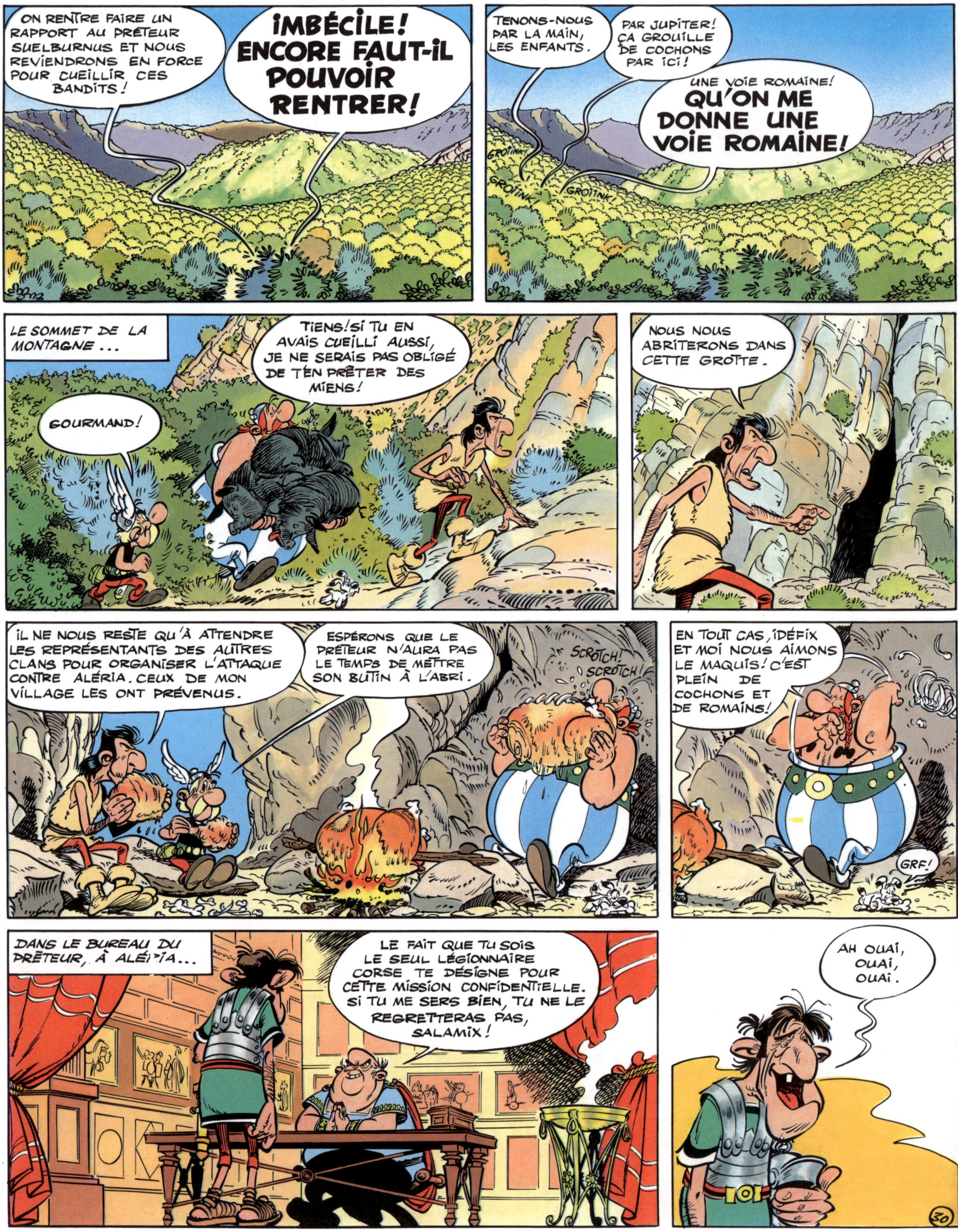
ON RENTRE FAIRE UN RAPPORT AU PRÉTEUR SUELBURNUS ET NOUS REVIENDRONS EN FORCE POUR CUEILLIR CES BANDITS !
IMBÉCILE ! ENCORE FAUT-IL POUVOIR RENTRER !
TENONS-NOUS PAR LA MAIN, LES ENFANTS.
PAR JUPITER ! ÇA GROUILLE DE COCHONS PAR ICI !
UNE VOIE ROMAINE ! QU'ON ME DONNE UNE VOIE ROMAINE !
GROINK ! GROINK ! GROINK !
LE SOMMET DE LA MONTAGNE ...
TIENS ! SI TU EN AVAIS CUEILLI AUSSI, JE NE SERAIS PAS OBLIGÉ DE T'EN PRÊTER DES MIENS !
GOURMAND !
NOUS NOUS ABRITERONS DANS CETTE GROTTE.
IL NE NOUS RESTE QU'À ATTENDRE LES REPRÉSENTANTS DES AUTRES CLANS POUR ORGANISER L'ATTAQUE CONTRE ALÉRIA. CEUX DE MON VILLAGE LES ONT PRÉVENUS.
ESPÉRONS QUE LE PRÉTEUR N'AURA PAS LE TEMPS DE METTRE SON BUTIN À L'ABRI.
SCROTCH ! SCROTCH !
EN TOUT CAS, IDÉFIX ET MOI NOUS AIMONS LE MAQUIS ! C'EST PLEIN DE COCHONS ET DE ROMAINS !
GRF !
DANS LE BUREAU DU PRÊTEUR, À ALÉRIA...
LE FAIT QUE TU SOIS LE SEUL LÉGIONNAIRE CORSE TE DÉSIGNE POUR CETTE MISSION CONFIDENTIELLE. SI TU ME SERS BIEN, TU NE LE REGRETTERAS PAS, SALAMIX !
AH OUAI, OUAI, OUAI.
30

LES CORSES VONT ATTAQUER ALÉRIA POUR PILLER LES ENTREPÔTS...
AH OUAI ?
ALORS, DISCRÈTEMENT, TU VAS DÉMÉNAGER LE CONTENU DES ENTREPÔTS, ET L'EMBARQUER À BORD DE LA GRANDE GALÈRE QUI EST DANS LE PORT...
LA GRANDE GALÈRE, OUAI, OUAI...
POUR CE FAIRE, TU VAS UTILISER LES PRISIONNIERS CORSES QUI CONSTRUISENT LA VOIE ROMAINE...
LA VOIE ROMAINE, OUAI, OUAI, OUAI.
EN RÉCOMPENSE DE LEUR TRAVAIL, LES PRISONNIERS CORSES SERONT LIBÉRÉS. MAIS ATTENTION ! LA GARNI--SON NE DOIT PAS ÊTRE AU COURANT DE TOUT ÇA !
AH NON ?
NON, PARCE QU'UNE FOIS LE NAVIRE CHARGÉ, NOUS NOUS Y EMBARQUERONS ET NOUS QUITTERONS LA CORSE, LAISSANT LA GAR--NISON DÉFENDRE DES ENTREPÔTS VIDES ! HÉ, HÉ, HÉ !
HÉ, HÉ, HÉ !
IL FAUDRA TRAVAILLER TOUTE LA NUIT... TU AS COMPRIS ?
EUH...
31A
NON, NON, NON.
ÇA NE FAIT RIEN. OBÉIS-MOI, ET TU VIENDRAS AVEC MOI À ROME OÙ TU SERAS RICHE ET RESPECTÉ.
AH OUAI ?
LE CHANTIER DE LA VOIE ROMAINE QUI DOIT RELIER ALÉRIA À MARIANA. CHANTIER OUVERT DEPUIS TROIS ANS...
EUH... J'AI DU TRAVAIL POUR VOUS.
NON SEULEMENT TU ES UN RENÉGAT, MAIS EN PLUS TU DIS DES GROS MOTS !
31B

GROINNK!
ENCORE UN COCHON!
NON! C'EST VIOLONCCELLIX, UN CHEF DE CLAN!
GRROINK!
OCATARI--NETABELLA--TCHITCHIX!
VIOLONCCELLIX!
GROINNK!
ÇA C'EST TROPOLIX. ENTRE TROPOLIX!
GROINNK!
GROINNK!
GROINNK!
GROINNK!
GROINNK!
HÉRETTIX! MINÉRALOGIX! APPATIX! SINFONIX! PLAINDETIX!
PLAINDETIX!
TROPOLIX!
OCATARINETA--BELLATCHITCHIX!
VIOLONCCELLIX!
MINÉRALOGIX!
HERETTIX!
SINFONIX!
APPATIX!
ET ÇA, C'EST QUI?
GRROINNK!
ÇA? MAIS C'EST UN COCHON!
TU NE DISTINGUES PAS UN COCHON D'UN CHEF DE CLAN CORSE?
JE NE SAIS PAS. JE N'AI JAMAIS GOÛTÉ DE CHEF DE CLAN CORSE ET NE ME REGARDEZ PAS COMME ÇA, VOUS ME DONNEZ MAL À LA TÊTE.
LAISSE! CE SONT DES AMIS GAULOIS. ILS VIENNENT ASSISTER À L'ATTAQUE D'ALÉRIA.
JE NE SAVAIS PAS QUE ÇA ALLAIT ATTIRER DES TOURISTES DU CONTINENT...

CETTE NUIT-LÀ, À BORD D'UNE GALÈRE DANS LE PORT D'ALÉRIA...
...ET UNE FOIS LE NAVIRE CHARGÉ, TU LE CONDUIRAS À ROME. JE SERAI À BORD AVEC SALAMIX DONT NOUS NOUS DÉBARRASSERONS EN COURS DE ROUTE...
TOUT DOIT SE FAIRE CETTE NUIT... LA GAR-NISON NE DOIT PAS SAVOIR QUE JE L'ABANDONNE... ELLE SE BATTRA ET PROTÉGERA MA FUITE...
C'EST PROMIS? APRÈS, VOUS NOUS DONNEREZ LE BATEAU ET VOUS NOUS RENDREZ LA LIBERTÉ?
QU'EST-CE QUI TE PERMET DE DOUTER DE MA BONNE FOI?
PENDANT CE TEMPS...
BON, BEN AU TRAVAIL. IL FAUT PORTER TOUT ÇA À BORD DE LA GALÈRE.
VINGT MINUTES APRÈS...
OÙ EST-CE QUE JE METS ÇA?
MAIS À CE RYTHME-LÀ, ÇA VA PRENDRE DES ANNÉES! ET À CAUSE DE LA GARNISON, NOUS DEVONS INTERROMPRE LE TRAVAIL AU LEVER DU JOUR!
VOUS PRESSEZ PAS, LES ENFANTS. NOUS AVONS DES ANNÉES POUR FAIRE LE TRAVAIL... ET LE JOUR, IL FAUT RIEN FAIRE!
J'AI UN COUSIN QUI A UN EMPLOI COMME ÇA DANS L'ADMINISTRATION, À MASSILIA.

AU LEVER DU JOUR...
JE CROIS QUE LES ROMAINS VONT FAIRE UNE CUEILLETTE DE CHÂTAIGNES...
SI ON Y ALLAIT? J'AIMERAIS VOIR COMMENT ILS S'Y PRENNENT, LES JEUNES... ÇA NE DOIT PAS ÊTRE GRAND-CHOSE.
ON EMPORTE LE TRONC D'ARBRE?
TU ES FOU RAMOLLIX! ON DEMANDERA AUX JEUNES DE NOUS EN ABATTRE UN SUR PLACE.
VENANT DES VILLAGES, DES MONTAGNES, DU MAQUIS, LES CORSES SE DIRIGENT VERS LA MORNE PLAINE D'ALÉRIA...
OH! QU'ILS SONT NOMBREUX!
OUI... C'EST UNE GRANDE ARMÉE...
34A
ILS SONT TOUS LÀ, MES GROGNARDS... REGARDEZ LÀ-BAS, LA COLONNE QUI ARRIVE EN RETARD... AH, OSTERLIX, SON CHEF, A DU MAL À SE LEVER TÔT...
GROINNK!
GROINNK!
GROINNK!
GROINNK!
GROINNK!
C'EST QU'IL EST CÉLÈBRE CHEZ NOUS, LE SOMMEIL D'OSTERLIX.
34B

ALORS, SALAMIX? TU VAS REPRENDRE TON SERVICE ?
AH NON! J'AI TRAVAILLÉ TOUTE LA NUIT.
TOI. TU AS TRAVAILLÉ TOUTE LA NUIT ?
ET À QUOI?
AH NON! AH NON! LE PRÊTEUR M'A INTERDIT DE DIRE QUE NOUS VIDONS LES ENTREPÔTS.
COMMENT? LE PRÊTEUR VIDE LES ENTREPÔTS EN SECRET ?
IL A L'IN--TENTION DE FUIR ET DE NOUS ABANDON--NER ICI?
QUI VOUS A DIT QUE NOUS CHARGEONS TOUT SUR UNE GALÈRE AVANT QUE LES CORSES N'ATTAQUENT? HEIN? QUI VOUS L'A DIT?
PEU APRÈS...
LE PRÊTEUR! NOUS VOULONS VOIR LE PRÊTEUR SUELBURNUS!
?
QUELLE EST LA CAUSE DE CE VACARME, PAR JUPITER ?
35A
TU VIDES LES ENTREPÔTS!
TU VAS NOUS ABANDONNER FACE AUX CORSES!
ILS VONT ATTAQUER!
QUI VOUS A RACONTÉ TOUT ÇA?
OUI! C'EST CE QUE JE VOUDRAIS SAVOIR! C'EST PEUT-ÊTRE LE CAPITAINE DE LA GALÈRE À BORD DE LAQUELLE NOUS DEVONS FUIR QUI...
TAIS-TOI!!!
MES ENFANTS! LES CORSES NE VONT PAS ATTAQUER! IL NE FAUT PAS CROIRE LES OISEAUX DE MAUVAIS AUGURE!
AUX PORTES D'ALÉRIA...
ICI, NOUS SERONS BIEN.
35B

CLIC!
CLIC!
ET MAINTENANT, VOUS ALLEZ VOIR CE QU'ON EN FAIT, NOUS, DES ROMAINS!
EN AV...
PAS SI VITE!
CLICLICLAC!
FIGATELLIX!
EH OUI! FIGATELLIX! DE QUEL DROIT PRENDS-TU LE COMMANDEMENT?
ON NE COMMANDE PAS QUAND ON SE FAIT CUEILLIR COMME UN MERLE PAR LES ROMAINS!
C'EST TOI QUI M'AS VENDU!
RÉPÈTE!
VOUS RÉGLEREZ VOS COMPTES APRÈS... D'ABORD, LES ROMAINS!
CLIC!
JE NE ME BATS PAS SOUS LES ORDRES D'UN MERLE.
RÉPÈTE!
J'EN AI ASSEZ! TERMINONS CETTE BATAILLE AVANT LA SIESTE!
OSTERLIX A RAISON!
CLIC!
J'AI UNE IDÉE! FAISONS DES ÉLEC-TIONS POUR SAVOIR QUI SERA LE CHEF!
VIOLONCCELLIX A RAISON!
QUELQU'UN A UNE URNE PLEINE?
PAS QUESTION!
BONNE IDÉE!
ALORS? ON SE DÉCIDE? JE FATIGUE!
ON Y VA?
ON Y VA!
36

ALERTE! ALERTE! DES CORSES! DES TAS DE CORSES SE MASSENT DEVANT LA VILLE!
TIENS, TIENS! JE CROYAIS QUE LES CORSES NE DEVAIENT PAS ATTAQUER ?
ON DISCUTERA APRÈS! IL FAUT FAIRE UNE SORTIE, SINON ILS VONT NOUS RENTRER DEDANS!
D'ACCORD, MAIS TU VIENS AVEC NOUS!
NOUS VOULONS ÊTRE SÛRS QUE TU RESTERAS JUSQU'À LA FIN DE LA BATAILLE...
C'EST UNE MUTINERIE! VOUS NE POUVEZ PAS OBLIGER VOTRE CHEF À MARCHER DEVANT!
AH! TOUT DE MÊME!
ÇA NE COMMENCE JAMAIS À L'HEURE!
JE ME SOUVIENS DE L'ÉPOQUE OÙ C'ÉTAIT PERMANENT.
JE NE SAVAIS PAS QUE LE PRÊTEUR JOUAIT AUSSI.
QUI... QUI SONT CES DEUX-LÀ?
JE NE SAIS PAS, MAIS JE N'AIME PAS ÊTRE À LA POINTE DE L'AVANT-GARDE!
W W I I I I P!
CLAPCLAPCLAPCLAPCLAPCLAPCLAP!
JE LES AI AMENÉS POUR LEUR MONTRER CE QUE NOUS SAVONS FAIRE, ET CE SONT EUX QUI NOUS DONNENT DES LEÇONS! EUX, DU CONTINENT!
ON Y VA! ON S'EXPLIQUE--RA APRÈS!
37

AAAAAAAAAAAAAAAAAA!
HA! LES VOICI TOUT DE MÊME.
LES JEUNES, ÇA N'A PLUS LA NOTION DE L'EXACTITUDE.
CE N'EST PAS LE PETIT SALAMIX QUI FONCE DEVANT LES AUTRES, LÀ ?
EH OUI! J'AI L'IMPRESSION QU'IL A TOU-JOURS PERSONNE DANS LA TÊTE, CELUI-LÀ!
PAF!
!?
TCHONK!
MAIS... QU'EST-CE QUE JE FAIS ICI, MOI ?
TU ES UN RENÉGAT!
UN RENÉGAT, MOI ? RÉPÈTE!
VOUS VOUS BATTREZ APRÈS. LA BATAILLE D'ABORD.
LA BATAILLE ? LA BATAILLE CONTRE QUI ?
CONTRE LES ROMAINS, TIENS!
CONTRE LES ROMAINS ? À L'ATTAQUE!!!
38

NOUS SOMMES LÀ, CAMARADES !
ON NE VOUS A PAS SONNÉS ! LES INVITÉS C'EST NOUS, ET POUR LE COUP DES HUÎTRES, VOUS NOUS LAISSEREZ LES PLUS GROSSES !
JE CROYAIS QUE LES PETITES ÉTAIENT LES MEILLEURES !
CRAAC !
TCHAC TCHAC TCHAC
VOUS AVEZ VU COMME IL EST TAQUIN ?
TAQUIN ?!
PAF ! BONG ! TCHONC ! BING !
TIENS, LE PETIT SALAMIX EST DE RETOUR.
ÇA A L'AIR D'ÉTONNER SES COPAINS ROMAINS.
ÇA LES FRAPPE !
C'EST BIEN LE PETIT MINÉRALOGIX, LÀ-BAS ?
CELUI QUI ASSOMME LES DEUX ROMAINS ?
AH OUI. C'EST LE PETIT MINÉRALOGIX.
IL A ÉPOUSÉ LA PETITE DÉSIDÉRATA JE CROIS ?
LA SOEUR DE TROPOLIX ? CELUI QUI EST EN TRAIN DE DÉMOLIR LE PALAIS DU PRÉTEUR AVEC HÉRETTIX ?
HÉRETTIX, C'EST BIEN LE COUSIN DE PALÉONTOLOGIX, CELUI QUI POURSUIT QUATRE ROMAINS AVEC SON GLAIVE ?
MAIS NON ! PALÉONTOLO-GIX, C'EST LE COUSIN D'APATTIX.
BIEN SÛR ! APATTIX, LÀ QUI VIENT DE RENVERSER LA GROSSE COLONNE SUR LE GROUPE DE ROMAINS.
HÉRETTIX, C'EST LE COUSIN DE PLAINDETIX, CELUI QUI MORD LE CENTURION.
S'IL N'Y AVAIT PAS CES RÉUNIONS DE FAMILLE, ON N'AURAIT JAMAIS L'OCCASION DE SE RENCONTRER.
ÇA SE TERMINE, D'AILLEURS. LA GARDE SE REND ET NE MEURT PAS.
EN EFFET. LES ROMAINS SE RENDENT À SINFONIX.
A PROPOS, COMMENT VA ERRATA, LA FEMME DE SINFONIX ?
39

TU AS PERDU QUELQUE CHOSE?
LE PRÉTEUR SUELBURNUS... J'AI DEUX MOTS À LUI DIRE.
JE SAIS OÙ IL EST! JE ME RAPPELLE QU'IL VOULAIT FUIR À BORD D'UN NAVIRE!
CONDUIS-NOUS. NOUS LE RAMÈNERONS AVEC OBÉLIX.
OH OUI! OH OUI! NOUS SOMMES TRÈS BONS SUR LES BATEAUX!
PENDANT CE TEMPS, À BORD DU NAVIRE...
...ET PUIS, PENDANT LE VOYAGE, ON PASSERA LE ROMAIN PAR-DESSUS BORD, ET NOUS CONTINUERONS NOTRE ROUTE AVEC LE BUTIN!
LARGUEZ LES AMARRES! LARGUEZ LES AMARRES!
ALO'S? ON LES LA'GUE LES AMA''ES?
PAS SI VITE!
VITE! VITE! LES AMARRES!
D'ABORD, OÙ EST LE BUTIN PROMIS? NOUS N'AVONS QU'UNE TOUTE PETITE AMPHORE EN NOTRE POSSESSION.
CAPITAINE! REGARDEZ!
LES GAU... LES GAUGAU...
40
LES AMARRES! VITE! LES AMARRES!!!
C'EST CE QUE JE VOUS DISAIS! LES AMARRES!

APRÈS QUELQUES MINUTES D'UNE RARE VIOLENCE...
ALORS, CES AMARRES?
OH, CE N'EST PLUS LA PEINE...
VOUS ET VOS ST'ATAGÈMES POU''IS! ON AU'AIT DÛ SE CONTENTE' DE L'AMPHO'E! N'EN FAUT, PAS T'OP N'EN FAUT!
PRÉTEUR! NOUS ALLONS VOUS LAISSER LA VIE SAUVE, À TOI ET À TES HOMMES, POUR QUE VOUS PUISSIEZ RACON-TER À CÉSAR CE QUE VOUS AVEZ VU!
NOUS ALLONS REPRENDRE DANS TES ENTREPÔTS CE QUE TU NOUS AS VOLÉ. ET QUE CELA SERVE DE LEÇON À TON MAÎTRE!
JULES CÉSAR SE VENGERA!
DIS À CÉSAR QUE, QUELLES QUE SOIENT SES AMBITIONS, IL NE SERA JAMAIS EMPEREUR...
POUR QUE LES CORSES ACCEPTENT UN EMPEREUR, IL FAUDRAIT QU'IL SOIT CORSE LUI-MÊME! VA!
OUI!
BRAVO!
GROINNK!
GRRR
MAINTENANT, EXPLIQUONS-NOUS, OCATARINETABELLA-TCHITCHIX!
FIGATELLIX!
41

POURQUOI M'AS-TU ACCUSÉ DE T'AVOIR VENDU AUX ROMAINS ?
TU ÉTAIS LE SEUL À SAVOIR QUE JE DEVAIS VENIR DANS TON VILLAGE. ET LES ROMAINS SONT VENUS AUSSI, PENDANT MA SIESTE.
TCHAC!
TCHAC!
NOUS NE SAVIONS PAS QU'ILS ALLAIENT VENIR. NOUS AVONS PROFITÉ DE TA SIESTE POUR ALLER RAVITAILLER LE COUSIN SQUINOTIX QUI SE CACHE DANS LE MAQUIS DEPUIS TRENTE DEUX ANS À CAUSE DE L'HISTOIRE DE LA GRANDE TANTE DE PLAINDETIX.
JE M'EN SOUVIENS! LE PRÉTEUR N'A PAS ÉTÉ PRÉVENU PAR FIGATELLIX, OCATARINETABELLATCHITCHIX. IL T'A FAIT SUIVRE, SIMPLEMENT, ET A PROFITÉ DU DÉPART DE FIGATELLIX ET DE SES HOMMES POUR S'EMPARER DE TOI.
PEUT-ÊTRE ... MAIS ÇA NE RÈGLE PAS L'HISTOIRE DE TON ARRIÈRE-GRAND PÈRE QUI N'A PAS VOULU PAYER L'ÂNE QUI ...
ASSEZ!
ASSEZ AVEC VOS VIEILLES HISTOIRES!
VOUS VOUS ÊTES BATTUS ENSEMBLE CONTRE VOTRE OPPRESSEUR, ET VOUS AUREZ ENCORE À VOUS BATTRE POUR RESTER LIBRES, ALORS, SERREZ-VOUS LA MAIN!
CRIiii
CRIiii
VIVE OCATARINETABELLATCHITCHIX! VIVE FIGATELLIX! VIVE ASTÉRIX! ON FAIT LA FÊTE! GROINNK!
48

GAULOIS, NOUS SOMMES HEUREUX D'AVOIR ÉTÉ VOS HÔTES, D'AUTANT PLUS QUE VOUS AVEZ RÉUSSI DES PRODIGES...
BATTRE LES ROMAINS, CE N'EST RIEN, MAIS RÉCONCILIER DEUX CLANS, ÇA, C'EST FORMIDABLE !
PLUS JAMAIS CES LONGUES QUERELLES STÉRILES N'EXISTERONT EN CORSE !
TANT MIEUX... ET MAINTENANT, OCATARINETABELLA-TCHITCHIX, NOUS ALLONS RENTRER CHEZ NOUS.
QUEL CADEAU AIMERIEZ-VOUS EMPORTER, EN SOUVENIR ?
CE JOLI PETIT CHIEN, LÀ.
OH, FIGATELLIX !
?
AVEC LE COUSIN PLAINDETIX, NOUS AIMERIONS SAVOIR OÙ SE TROUVE TON COUSIN SQUINOTIX. NOUS VOULONS LUI PARLER.
JE NE VOUS LE DIRAI PAS, HERETTIX.
TU LE REGRETTERAS, FIGATELLIX.
IL EST À NOTER QU'À LA SUITE DE CETTE AFFAIRE ASSEZ COMPLIQUÉE, UN DES DESCENDANTS DE LA FAMILLE DES FIGATELLIX A ÉTÉ RETROUVÉ L'ANNÉE DERNIÈRE PAR LA GENDARMERIE NATIONALE. IL SE CACHAIT DANS LE MAQUIS, DERRIÈRE UN MOTEL.
MOTEL
MOTEL
43

LES VOILÀ ! ILS SONT DE RETOUR !
ALORS, LES ENFANTS, C'ÉTAIT BIEN LÀ-BAS ?
C'EST TRÈS BEAU ; IL Y A DE TOUT : DES MONTAGNES, DES FORÊTS, DES TORRENTS, LE MAQUIS...
ET, DEPUIS NOTRE PASSAGE, QUELQUES RUINES ROMAINES TRÈS INTÉRESSANTES !
IL Y AVAIT AUSSI PLEIN DE COCHONS TRÈS SYMPA-THIQUES. ET IDÉFIX S'EST FAIT DES TAS D'AMIS...
PAS VRAI, IDÉFIX ?
COMME TOUJOURS, LE RETOUR DE NOS AMIS SERT DE PRÉTEXTE À UN BAN-QUET SOUS LES ÉTOILES... ET IL EST À NOTER QUE CHACUNE DE LEURS EXPÉDITIONS EST UN ENRICHISSEMENT, LES VOYAGEURS ADOPTANT QUELQUES-UNES DES COUTUMES LES PLUS AGRÉABLES DU PAYS VISITÉ.
?
ZZZZ !
Fin
DE L'ÉPISODE
4.73
UDERZO & GOSCINNY

TCHAC!!
ILS SONT FOUS CES ROMAINS!